—— 诺奖童书 ——

大地的孩子

〔丹〕亨利克·彭托皮丹 著

〔英〕内丽·埃里克森 绘

李芳 译

人民文学出版社

PEOPLE'S LITERATURE PUBLISHING HOUSE

图书在版编目(CIP)数据

　　大地的孩子/(丹)亨利克·彭托皮丹著;(英)内
丽·埃里克森绘;李芳译. —北京:人民文学出版社,
2016
　　(诺奖童书)
　　ISBN 978-7-02-011941-7

　　Ⅰ.①大… Ⅱ.①亨… ②内… ③李… Ⅲ.①儿童小
说-长篇小说-丹麦-现代 Ⅳ.①I534.84

　　中国版本图书馆 CIP 数据核字(2016)第 197298 号

责任编辑　卜艳冰　尚　飞　王雪纯
装帧设计　汪佳诗

出版发行　人民文学出版社
社　　址　北京市朝内大街 166 号
邮政编码　100705
网　　址　http://www.rw-cn.com

印　　制　山东临沂新华印刷物流集团
经　　销　全国新华书店等

字　　数　152 千字
开　　本　890 毫米×1240 毫米　1/32
印　　张　8.75　插页　2
版　　次　2017 年 6 月北京第 1 版
印　　次　2017 年 6 月第 1 次印刷

书　　号　978-7-02-011941-7
定　　价　35.00 元

如有印装质量问题,请与本社图书销售中心调换。电话:010-65233595

目 录

第一部

第一章

故事发生在十九世纪七十年代末。

整整一个礼拜，恶魔般的天气肆虐整个地区。暴风雨裹挟着狂野的、锯齿状的蓝黑色乌云，从东面横扫过来，击打在峡湾的海面上，巨大的泡沫状物体吹到田野上，堆得高高的。很多地方，农民的冬麦被连根拔起；沼泽地里的芦苇和灯芯草都刮倒了，草地一片狼藉，沟渠里塞满了沙子和泥土，水没法流动，都溢出来淌到了田里和路上。到处是连根拔起的大树、砸碎了的电报杆、吹散了的玉米垛，还有在飓风中死去的鸟的尸体。

韦尔比村位于一个小山上，没遮没挡。刮暴风雨的一个夜晚，一个旧谷仓被吹倒了，所有的村民都从床上跳起来，穿着睡衣跑到了街上。十几个烟囱都在同一个晚上被刮断了，牧师宅邸花园里整个花床被吹了个底朝天；所有为八哥搭的小鸟屋都从树上被掀了下来。

不仅如此，老天爷的威力甚至没有饶过教区长：暴风雨最猛烈的时候，有一个下午，他走到阳台上去查看室外损坏的程度，大风卷走了他花白的头上的帽子，像扔一个球似的把它砸到地上，一路吹着它往前翻滚，尽管他竭尽全力想要捡起它，但是一阵旋转着的夹着尘土的狂风把它吹得无影无踪。在离大路很远的黑刺李灌木丛后面的一条沟里，这阵狂风抛下了它的猎物，对一个小女孩施展起它的威力。小女孩家住得很偏僻，她哭得很伤心，正艰难地从学校往家走。狂风怒号、尖叫，像一百只魔鬼被释放了出来，它裹住了精疲力竭的小家伙，吹起了她的裙子，把她一步一步推到了路边，最后在拐角的一块石头那儿绊倒了她，吹得她绝望地哭喊着一路滚进了一个旧的碎石坑里。第二天，搜寻的人们在那里找到了她小小的蜷曲的尸体；她痉挛的手握着一本新的教义问答手册，紧紧地按在胸前。

人们的记忆里从来也没有见过这么糟糕的天气。

"愿上帝保佑那些在海上的人！"街上，咆哮的暴风雨里，人们冲彼此喊着。他们有的低着头，迎着风一步一步艰难地往前挪；有的被风推着往前猛跑。"能待在房子里的人还真幸运。"那些坐在家中的人这么想着，尽管是中午，但房间里的光线却那么昏暗，他们几乎看不清报纸上的字；房子外面狂风呼啸，好像所有的恶鬼都放了出来，正在村子里为非作歹。马匹们竖起耳朵立在马厩里，吓得直发抖；母牛们紧紧挨着，发出声声吼叫，好像遭了火灾；连村里的猫也"喵喵"叫着，哀怨地四处乱窜；狗夹着尾巴，不安地到处嗅着。最后，当风势刚刚减弱了一些，鹅毛大雪开始铺天盖地地下起来——虽然刚入冬，还是十二月初，但厚厚的白雪覆盖了地面，填满了沟渠，掩埋了连根拔起的大树，在破碎的篱笆、掀掉的茅草屋顶上堆积起来。

整整三天三夜，天地间白茫茫的一片。

这时候，有几个人相信最后审判日马上就要来了，他们开始拷问自己心灵的最深处，在上帝面前清算起了以往的所作所为。第三天夜晚，当人们开始铲走积在门口的雪堆，扫掉窗玻璃上厚厚的积雪时，不止一个人站在门口，借着昏暗的月光，向外面白茫茫的荒野望去，大地和峡湾在雪的覆盖下都变了模样，他们想："这天气究竟意味着什么？"这会不会是上天的宣告，某件大事即将在这个村子里、这片地区，或者这整个大地发生？

第二章

同一天晚上，一个年轻的陌生人和教区长坐在他的书房中。他前一天刚到，正赶上暴风雪最猛烈的时候。

这个年轻人高高瘦瘦，身穿一件黑色长大衣，系着白色领带。他有着孩子般天真的脸庞，肤色白皙，淡蓝色的眼睛里目光坦诚。一缕微卷的头发覆盖在他高高的额头上，下巴和两颊蓄着浓密的淡色胡须。

汤内森教区长坐在他对面一个卷耳、有颈部靠垫的老式大高背椅中。他身材高大，面庞英俊，有一种教会显要人物的气派。他的头很大，一头白发又短又硬。长长的、低垂但依然乌黑的眉毛下，闪烁着一双深灰色的眼睛，再加上饱满的鼻子和嘴唇，他那剃得光光的脸庞看起来有些南方人的特点。身上的衣服，从一尘不染的细棉布领带、锦缎马夹到闪亮的皮靴，都看得出他对外表非同一般地注重，这对于一个乡村牧师而言并不多见。教区长的举止以及谈话时用长柄烟斗吸烟的样子，都显示出他是一个自信又饱经世故的人。

他身侧的折叠门正对着宽敞、装饰华丽的客厅。教区长的女儿，一个脸色苍白、有着红褐色头发的姑娘，坐在一盏绿灯罩的高脚台灯旁忙碌着。四周一片寂静。外面所有的声音似乎都被雪给淹没了。屋内，除了教区长低沉的嗓音，只能听到炉火的噼啪声，以及年轻的女士身旁鸟笼里一只鹦鹉发出的单调的叫声。

年轻的陌生人是教区长所负责的这片教区新来的副牧师。对于他的到来，无论是牧师宅邸里的人，还是整个教区的群众，都怀着极大的兴趣。午餐刚一结束，两位牧师就回到书房，在柔和的灯光下，一连四个小时讨论着他们共同职责内的所有相关事务。

谈话主要是教区长唱主角。年轻的副牧师只有二十六岁，几天前刚由主教大人任命担任这一疗治灵魂的职位。很显然，对于这一新职位他还有些不适应，每当教区长称呼他"牧师先生"，他的脸就会变红，害羞地低下头去。

教区长以一种安静、教导性的方式开始了谈话，有些词说得慢吞吞的，似乎私底下很享受自己异常悦耳的嗓音、优美精练的用词。他并不常有机会遇到这么聪明的听众，因此忍不住任由自己侃侃而谈。当详细地谈到教会的现状、涉及教会的一些有争议的问题时，他的声音失去了镇定，用词也不再那么讲究。最后，他弯下腰，紧盯着副牧师的眼睛，强调："我特别想让您记住一点，韩斯特德先生，同时也是牧师不可忽视的职责，那就是：任何时候都必须保证教会无可置疑的权威。这是一个牧师的权利，也是他替自己的主人，上帝，掌管尘世间的王国时神圣而不可推卸的责任。从前灵魂的牧羊人和他的羊群间存在的那种美丽、古老的父爱之情，非常不幸，很快将成为传说。谁该为此负责？是谁这些年来有组织地削弱了教会的权威，破坏了人们一直以来对肩负着神圣使命的牧师们的尊敬？难道是那些所谓的自由思想家，开放鲁莽的无神论者？有人可能会这么说，但是别信这些话！不，是我们教会的内部滋生出了这种堕落。是那些人渣发起的、打着'民主自由''平等'旗号的种种运动带来了这些灾难，现在这些念头甚至混进了教会这块神圣的地方——不仅通过各地那些头脑发热的年轻人，而且——不幸的是——甚至通过教会里一些最值得信赖的人。不需要进一步解释，我想您明白我指谁。那些所谓的格兰德维格 ① 追随者——通过他们的'互助会'和中学，最近甚至还得到了国家资助——究竟是什么样的人？这些讨厌的'叫卖《圣经》的小贩'，这些布道的鞋匠、裁缝——一群无知的人，他们——请您注意，被牧师以'神圣教会'的名义派往各地，授权他们来做

---

① 　勒高莱·格兰德维格（1783—1872），丹麦牧师、作家、诗人、哲学家、历史学家、教师和政治家。丹麦历史上最有影响力的人物之一，他的哲学思想催生了十九世纪后半叶丹麦新的民族主义。

见证。我无法理解我这些同行的盲目，他们难道不明白这样的做法对于我们的尊严和权威是毁灭性的（在我们中间否认这一点没有用），在普通民众面前我们不能失去它们，普通民众不知道什么是真正的优越，也无法正确判断各种高贵品质。这样的后果是什么？我们难道不是已经品尝到苦果了吗？这些鞋匠、裁缝摇身一变成了使徒，在平民的眼里，他们难道不是被当成了杰出的演说家，甚至几乎成了先知？他们的言论和口号让人们陷入一片混乱，现在人们再也听不进任何一场正确的引人深思的布道，人们失去了对庄严的教堂仪式的任何兴趣——就在几天前，他们中一个自以为是的家伙还对我自称是'同行'，甚至还无礼地要求使用教堂！看，这就是我们得到的！流浪汉主持了布道，罪犯登上了祭坛。他们让教会蒙羞。这就是这些运动的意义——我问您，韩斯特德牧师，什么时候它才能结束？"他越说越激动，脸色苍白，全身颤抖，说最后几句话时猛地站起来，身体绷直，似乎随时准备打一架。

副牧师吃惊地看着他，年轻的女士也转过头来，那只鹦鹉一边发出声声尖叫，一边拍动着翅膀。

教区长非常激动，在地板上大步走来走去，重重的脚步声在房间里回响。几分钟后，他回到自己的座位，停在副牧师面前，看着他。浓黑的眉毛下，一双眼睛满含着探究，光芒闪

8
9

烁，恰似暴风雨中乌云间隙的闪电。他用还有些颤抖的声音说道："韩斯特德牧师，我希望您能明白刚才提到的事情让我多焦虑；我希望您也能分担这些疑虑，面对这些运动，每一个尽职尽责的牧师一定会这么做……我不想向您隐瞒，即使在我们这个教区，我也看到了有人在煽动民众。一个叫汉森的织工，无知但很大胆，他也是'中学运动'可悲的产物之一，在过去的一两年，一直试图在我们的会众中建立一个革命党。一群夸夸其谈、无知的人居然胆敢公然对抗我。但我不会忍受他们！我认为我的职责就是毫不留情、严厉镇压这种反叛，我希望将来能得到您的支持，韩斯特德牧师。我希望，为了上帝的荣耀和教区会众的利益，所有重要事情我们都能携手作战。"

"这是我最大的愿望。"年轻人盯着地板，平静地答道。

"我很相信这一点，"教区长继续说道，显然对副牧师的回答很满意，"同时，我很高兴能从您口中得到确认。我毫不怀疑我们会相处得很好。"

这时候，客厅的钟轻柔地敲响了八点。与此同时，教区长的女儿出现在门口，邀请牧师们进去喝茶。

"那么，我们欣然从命。"教区长用充满活力的嗓音说道，站起身。他将手搁在副牧师的肩头，幽默地补充道："您可能已经发现了，韩斯特德牧师，在这所房子里，我的女儿负责发号施令——而且我可以跟您说，她是一个严厉的指挥官。改天我们再继续我们的谈话。请进吧，您得忍忍这土里土气的餐桌。"

第三章

　　餐厅，像大多数牧师宅邸的房间一样，空间开阔，比例合理，天花板、门框上的壁画都装饰得很华丽。虽然韦尔比村和斯基博卢卜村远称不上富裕，牧师宅邸和外围的建筑风格却更适合给一位富有的地主，而不是一个教会的仆人所居住。教区长的前任生前是一位极其富有的人，他来这做的第一件事就是把从前老的牧师宅邸夷为平地。他自己花钱建了现在这座宫殿般宏伟的建筑，其奢华引得全国各地的人们慕名前来参观。直到现在，人们还在谈论他当年一掷千金的种种故事。

　　一个农民只要去找他，跟他抱怨自己的牛发生了不幸，或者谷物歉收，他马上就会掏出一支笔划掉这个农民的什一教区税，有时候甚至还会在农民离开前递给他一张五十达勒 ① 的钞票。他要求的唯一回报就是让他安安静静地和他的书、艺术品待在一起；由于教区居民对宗教无形的珍宝兴趣不大，而往往对世间有形的物品更感兴趣，在"百万富翁牧师"任职的十五年里，教区民众和他之间存在着极好的默契。

---

① 　达勒（Daler）是一八四九年到一九一七年间丹属西印度群岛流通的货币。

这样一来，汤内森教区长不快地抱怨他的前任，也算得上合情合理：他前任的做法完全把教区居民的想法给搞乱了。他们已经习惯了依照自己的想法缴纳或拒绝缴纳什一税和其他给上帝的奉献，因此当教区长要求他们重新缴纳，甚至严格规定他们按时缴纳这些税费的时候，他们觉得对于一个牧师而言，这是极不得体的贪婪表现。这引发了教区居民的集会，自此以后，牧师和教区居民的关系一直很紧张。

过去的几天里，会众对教区长的敌意有了新的特别的转变。正是想起了这些转变，使得教区长刚才怒气冲冲。

事实就是，这些农民正在阴谋策划再次拒缴什一税，根据他们事先的安排，他们故意让教区长扣押了他们装肥料的旧推车和四轮马车，到了车被拍卖的那一天，农民们庄严地赶着车，排着队在牧师宅邸前等着，然后他们高高兴兴地买回了自己的车，兴高采烈地驾车离开了。

如果教区长对他的前任和教区居民的友好关系有理由表示不快，那么反过来对于前任留给他的宏伟的宅邸他更应该加倍地感激。在他看来，这座房子对于韦尔比村和斯基博卢卜村的教区牧师是再适合不过了；在一定程度上，正是这个原因，他依然住在这儿，过着和他的年龄、职位相称的体面生活。此外，目前他正遭受着一种想象中的羞辱，来自他的顶头上司，主教大人，一位不管是在教会事务还是政治方面思想都极为开明的人。事实上，汤内森教区长没有低估自己的习惯，但由于好几次升迁的任命主教大人都没有考虑他，这让他觉得是一种故意的轻慢，于是打定主意只要主教大人一天不离任，他就绝不会再提出优先考虑他升职的请求。而他现在很小的家庭规模和一些私人财产都可以让他继续维持目前的生活，不会由于这个决定而受到太大影响。

尽管如此，他也不是不能接受给他的伤口涂些镇痛软膏的做法，比如一两年后，提名他任教区长或乡间的主任牧师——一个与他旺盛的精力相称，也能让他的尊严从这些年所受的羞辱中得到补偿的职位。从做决定那天起，他就埋头在旧文件、议会的法令当中，怀着痛苦的忧虑给主教管区的当权者和乡委员会起草了一份又一份陈情书。他抓住一切机会在自己的下级牧师间进行了精心设计的调查，在他的辖区内他尤其担心那些中学校长，关于这些人他总要求下级牧师们提供没完没了的报告和日程安排表，而且务必要求准确。在巩固牧师对教育部门的控制方面，他确实获得了很大的成功；在教育方面他认为自己很在行，这不是没理由的，因为年轻的时候，他曾经在一所公立学校里担任过好几年的助理校长。

喝茶的时候他向副牧师解释了所有这些举措，好让他明白他之所以需要一名副牧师就是为了腾出更多时间来做这些工作。

副牧师静静地听着，心不在焉地把面包弄碎在桌布上，什么也没吃。自从来到教区长家中，过去的这二十四个小时，他几乎没吃什么东西。在别人看来，他并没有显得不自在。相反，他温柔的淡蓝色眼睛里闪烁着快乐和感激，他不时地抬起双眼朝房间四周看一眼，有时候目光会停留在牧师女儿的身上，她正站在冒着热气的大茶壶后面。

拉格希尔德·汤内森小姐，像她的父亲一样身材高挑，容貌也像他。她也同样有一双富于表情的大眼睛——只是颜色稍浅——同样的南方人的鼻子、形状美好的嘴唇。但是她的苗条几乎算得上消瘦，也没有遗传教区长健康的深色皮肤。她的皮肤苍白娇嫩，几乎是透明的——就好像从来没有吹过风或者晒过阳光。另一方面，她傲慢的举止和一丝不苟的仪态又和她父亲如出一辙，父女俩都对自己的外表极为在意，从她身上优雅的最新款服装就可以看出来。

拉格希尔德小姐今年二十四岁，是教区长的独生女儿。如果第一眼她看起来比实际年龄要略大一些，那也是过去几年里她一直担任父亲这幢房子的女主人的缘故。她还是个孩子的时候，教区长的妻子就去世了，这一打击之大使他放弃了成为中学校长这一灿烂的前程而搬到了乡下的牧师宅邸，想在这里为他自己和孩子寻找安慰和宁静。

14

15

第四章

他们正准备从喝茶的桌子旁起身，这时，跛脚的老女佣从厨房里探进头来，说有一个驾雪橇的人停在门口，坚持要见教区长。

"在这个时候！"教区长喊道，扬起眉毛，觉得是个坏兆头，"他想干什么，洛娜？"

"我怎么知道？"她坏脾气地回答，"他说要带教区长去见一个生病的人。"

"见一个生病的人！这样糟糕的天气！现在，晚上……究竟会是谁，洛娜？"

"我怎么知道……他说他是斯基博卢卜村安德斯·约尔根的儿子。"

"哦，没错！"教区长咕哝道，表情阴郁地点了点头，"是安德斯·约尔根要死了吗？亲爱的，亲爱的？送信的人在哪儿？"

"我让他去书房了。"

教区长喝完了茶，擦了擦嘴，站起了身。

他穿过客厅的时候，从礼服口袋里掏出了一顶黑色丝帽，通常在见教区居民的时候他都会戴上它。他大声地清了清嗓子，做好了准备，走进了书房。

昏暗的绿色灯光下，一个小个子站在门边，裹在一件足足大好几个尺码的硕大无比的外套里，只露出一丛蓬松的浅色头发，两只肿胀、冻得发紫的手，还有一双穿着白色羊毛袜的脚。

"晚上好，"教区长用友善的嗓音说，挥了挥他的手，"你想和我说话？"

回答他的是一声打嗝，然后一个惊恐的声音低低地回答："是的。"

"你叫什么名字，朋友？"教区长继续问道。

有那么一会儿，只听到那个小伙子牙齿打颤的声音。最后，一个急促嘶哑的声音答道："欧雷·克里斯丁·裘力斯·安德森。"

"你是斯基博卢卜村老安德斯·约尔根的儿子吗？"

"是的。"

"去年是你来见我，请求参加坚信礼的，是不是？"

"是的。"

"现在，你来是请我给你的老父亲主持圣礼吗？我想我听说他已经病了一段时间了。"

听到最后这句话，一阵战栗掠过小伙子全身，他开始不安地换着脚，不停地转着他手中的皮帽。

"你知道现在很晚了，道路的情况也很糟糕，"教区长平静地说，"但是考虑到事情的严峻性，我不会拒绝——呃，怎么说来着？你还有别的想法吗？我猜现在的路可以走了。路上的雪铲掉了吗？"

"是的，但是——"

"山脚下的雪也清除干净了吗？"

"铲雪的人已经去——"

"太好了。出去上你的马旁边等着吧，我立刻就出发！"

说完这些话，教区长又挥了挥双手，转身回会客室——丝毫也没注意小伙子睁着一双大大的、心烦意乱的眼睛，跟着他走出了房间。

当教区长再次走进会客室，他的眼睛落到了副牧师的身上，后者这时候正从餐厅里走进来，他突然脸上一亮，笑了。

"听着，我有一个主意，"他开心地喊道，"我敢说，韩斯特德牧师，您一定听说了，教区的一个病人派信使来，想领一次圣餐礼。我想，要开始您的牧师职务，再也没有比这更好的机会啦！我很熟悉那个老家伙，他一直受人尊敬，是个勤勤恳恳的人，他想要的不过就是几句普普通通安慰的话。我相信您不会遇到什么麻烦的。"

教区长的提议显然让年轻的牧师很尴尬。他的脸很快地红了红，开始结结巴巴地推托起来。他说教区长答应过最开始会支持他——直到他有了一些经验为止——而且，他完全没有准备——

　　但是教区长匆忙地打断了他："哦，这没什么。在路上您可以考虑一下说点儿什么。我自己就总是这么做，而且，我说过，在这种情况下，几句平常的安慰话就足够了。只要鼓起勇气！我的朋友，一切都会迎刃而解。最要紧的是记清楚仪式的程序，别搞糊涂了。走吧，上帝与您同在，亲爱的朋友，要相信上帝的祝福始终陪伴着您。"

　　听了这些话，副牧师不再反对。他安静地离开了房间，上楼去换他的牧师长袍。

第五章

一刻钟以后，牧师宅邸又恢复了它往日的平和宁静。拉格希尔德小姐到各个房间里检查了一遍，确保所有东西都回归原位。角落里的大钢琴上立着头戴桂冠的贝多芬半身像，她将钢琴盖合上，把乐谱收好，亲了亲昏昏欲睡的鹦鹉，给鸟笼套上了罩子。然后在桌旁灯下她惯常的位子上坐下，继续干她的活。

教区长在自己的房间里装好了烟斗，开始在两个房间走来走去。他不时有些紧张地看他女儿一眼，从嘴里吐出一团浓浓的烟。最后，他停在她跟前，故作开心地说道：

"嗯，我的小拉格希尔德，你对我们的新客人怎么看？"

年轻女士的表情变得冷淡又矜持。这个问题显然不受欢迎。

"哦，他给人的印象挺和善的。"

"对啊，可不是吗？他身上似乎有一种讨人喜欢的天真无邪——一种孩子般的清纯，如今这可不多见。现在二十出头的年轻人都已经变得世故、厌倦了生活——我很高兴你也喜欢他，拉格希尔德——因为以后我们可会天天见到他。"

年轻女士的眉毛皱了起来。

"对于第一印象最好不要急于下结论，"她立刻说道，"最重要的一点是，他是不是副牧师职位的合适人选——这一点我们一定得搞清楚。"

"当然、当然，"教区长喊道，继续踱着步，"这方面我很赞同你的观点——非常同意！嗯，好的！"他停下来，看了看手表，"已经晚了，我该去工作了。"

他亲了亲女儿，和她道过晚安，进了自己的房间。

他的房门刚关上，厨房的门就打开了，跛脚的老佣人探出被烟熏黑的干瘪的脸来。发现年轻的姑娘独自一人，她悄悄地走进房间，在火炉边找了个活，转过头，眼巴巴地看着拉格希尔德，目光带着询问又知晓一切的神气。最后，她迈着穿长袜的脚一瘸一拐地走到桌子边年轻姑娘的身旁。

"那么，"她低声地说道，会意地抬起双眼，"我年轻的女士觉得他怎么样？"

"谁怎么样？"拉格希尔德迅速地抬起头，直直地盯着老女佣问道。

"咦，当然是他——副牧师！"

拉格希尔德小姐坚定的灰色眼睛中光芒一闪，预示着她马上就要大发雷霆。

但是转念一想，她压制住了怒气，甚至挤出了一丝笑容，似乎满怀欣喜，迅速地说道："哎呀，谢谢你，洛娜，和他在一起我很开心；事实上，我已经爱上他了；明天我就会和他订婚；礼拜四我们会结婚。如果你礼拜日来参加我们的洗礼仪式，在圣洗池抱着我们的第一个孩子，我和我丈夫都会很开心的——现在，你满意了吗?"

老佣人很受伤，抬着大下巴，像往常一样皱着眉，满脸愠怒，咕咕哝哝地向门边走去。

第六章

这时候，年轻的副牧师正在前往斯基博卢卜村的路上。最初教区长提议时的那阵紧张已经迅速消退了。他现在情绪很好，舒舒服服地靠在宽大的椅子上，惊奇地看着周围的雪景。太阳下山以后，风已经停了。璀璨的夜星缀满了深蓝色的天空。远处，西边的地平线上仍能看到刚过去的风暴残留的一些痕迹，狭长的云层上挂着一弯金色的新月。

在副牧师眼中，这整个景象如同梦的启示一般。作为城里长大的孩子，他所知道的冬天总是充斥着城市的烟雾和烂泥。几天前他还在哥本哈根一英寸厚的泥地里走来走去；出租车急促的嘎嘎声，有轨电车的铃声和买贻贝的小贩嘶哑的叫卖声震耳欲聋——而现在他裹在教区长的熊皮大衣里，穿行在童话般的仙境中。田野中的树和灌木像泛着蓝色幽光的白色珊瑚丛，雪橇就像挟着长长的柔嫩的翅膀悄无声息的掠过。

突然他感到极为不安。可怜的过世了的母亲的形象突然出现在眼前，他非常希望她能看到这一刻的自己。他知道她最迫切的愿望就是能活着看到这一天；他无比强烈地觉得，完全是因为她，他才有勇气响应上帝的召唤，担任神职。

为了这一切，他多么感激她！

而现在他的父亲，尊敬的艾塔茨拉德，再对他的"傻念头"摇头也无济于事了。他心意已决！他快乐的兄弟，一名即将升迁的警卫队中尉，再也不用担心路上会遇到他戴着一顶过时的帽子或者跟一个不受欢迎的朋友在一起而不得不拐到小路上去；他的好妹妹，一位总领事夫人，也不再需要为他不合时宜、不够优雅的仪态而掉眼泪了——伊曼纽尔已经一去不返了，那个神学院的学生从人们眼前消失了，他现在肯定也不会急着回到从前的世界里去。

不，他确实不会回去了。

他极为满意地看了看周围一望无际闪烁的雪原，感到自己似乎从一个又黑又深的井底攀到了一个很靠近天堂的地方。

放眼望去，雪原上看得见一些农舍的窗户中透出的红色微光，像坠落的星星一般闪烁着。到处是一种奇异的宁静。除了锈钝的马铃发出的阵阵铃声，苍穹下再也听不到别的声音；在极度的静谧中，这马铃声就像成千上万的声音在回响，空气中似乎挂满了看不见的铃铛。

他陷入了一阵遐想——从此以后这里将会是他的家，他会在这片土地上漫步，作为上帝的仆人走进这些农舍！他已经看见自己坐在这些低矮的小房子里，周围是衣衫褴褛的人们，倾听着男人和女人们的诉说，他觉得自己会深深地爱上他们，在那些破旧的小木屋中——是的，尤其是在那儿——比起他父亲华丽的房子，在这里他会快乐一百倍。

他沉浸在这些想法里，没有注意到那个年轻的马夫好几次微微侧过头来看他，似乎想要说点儿什么，但又迅速把脖子缩回他的大斗篷中，好像不敢这么干。突然，前面很多人大声说话的声音把他惊醒了。雪橇行驶在一条深深的雪道上，两旁的雪堆得很高，有一码①深，马儿只能一步一步地往前迈。马夫立刻停下了马，借着昏暗的月光（西边的那轮新月从云层后探出一角），副牧师看见五十码开外，一群铲雪的人正在忙着清理积雪。近一点儿的地方，十几步远，站着另外一群人，正倚着铁铲休息，他们认出了教区长的椅子②，喊道：

"管你们是谁，快停一停——难道你们看不见这儿的雪很滑吗？我们一会儿就能弄干净——你们是谁啊？"

"我是牧师，"副牧师大声答道，有些害羞，这是他第一次大声地称呼自己这个新头衔，"我们正要去看一个病人。"

他的声音让那些男人吃了一惊。他们立刻抬起头，凑到了

---

① 3 英尺或 0.9144 米。
② 牧师和医生都有一张大扶手椅，可以绑在雪橇或四轮马车上，在乡下，如果请他们出门举行仪式或出诊，都会带上这把椅子。

一起，低声耳语着。最后，其中的一个人走上前来，低声和马夫交谈起来；所有的人都立即变得很兴奋。慢慢地，似乎带着一种迫切的好奇，他们从两边围上了雪橇。大部分的人身材矮小粗壮，笑容灿烂，红红的脸庞上眼睛像鱼鳞般闪烁着。有些人穿着打鱼的大靴子摇摇摆摆地走上前来，有些人穿着木鞋，裤子外面套着的白色羊毛长袜一直拽到了膝盖以上。大部分人都戴着有护耳的大皮帽，系在耳朵上，有一个人还戴着渔夫的防水帽。

突然被这么一群好奇的人围着、盯着，副牧师觉得很不自在。他应该跟他们说话吗？他们很显然是他的教区居民。一个高个子，留着黑胡子的男人走上前来——在一群人里他看起来像个巨人，一看就是个习惯了在公众场合代表大家发言的人。他从右手摘下一个大连指手套，露出一口结实的白牙，声音洪亮地说：

"请您原谅——我们是斯基博卢卜的村民，我们听说了您是新的副牧师——您一定得允许我们向您表示欢迎——让我们欢迎韩斯特德牧师！"

大伙都快步走上前，副牧师还没反应过来，就看到十多只红色的大手向他伸来，一边热情地说着："欢迎！"

有那么一会儿他给搞糊涂了。他觉得自己得说点儿什么，而且觉得周围的这些人也这么盼望着。但是这一切突如其来，他除了热情地握着伸过来的手，不停地说"谢谢你、谢谢你"，别的什么也说不出来。

这时候，前面清扫的人冲他们喊说路已经通了。马夫抖了抖缰绳，雪橇开始移动。最后一刻，他终于想到该说的话，说："再见了，朋友们——谢谢你们的欢迎！我觉得自己很幸运有你们这些人为我清扫道路！希望我们能很好地相处！"

"肯定的，别担心！"很多人回答道。

"必须的！"在人群的后面传来一个恶狠狠的低沉声音，紧跟着是一阵低低的赞同声。

这几个字以及说话的语调让副牧师吃了一惊。雪橇在雪地上一路飞驰，他惊奇地琢磨着那个人的意思。还在思索的当隙，雪橇已经抵达斯基博卢卜村了，他没有想到离这么近。第一幢房子映入眼帘的时候，他觉得惊讶又焦虑——这一路上他完全忘记那个病人了，一点也不知道该对他说些什么。但他立刻安慰自己，与扫雪的村民们的相遇给了他自信，他不怀疑，在关键时刻，上帝会让他想起该说的话。

第七章

斯基博卢卜村位于一个山谷，四面环山，只在东面有出口，伸向不远处的峡湾。副牧师立刻被这个村子里小木屋和旧农庄的数量给惊呆了。放眼望去，几乎看不到一整片宽阔的地。在白雪的包围中，一个大池塘旁边密密麻麻地聚集了五十座左右的村舍，深色的水面反射着天上的繁星。这些房子盖在山脚下，风景如画，还有的建在斜坡上，像一座座围绕着山中小湖的高地牧场。村子一半被来自峡湾的巨大雪堆给掩埋了。只有山顶和一些村舍被烟熏黑的烟囱露了出来。几户人家的窗户里还闪烁着灯光。一个老人站在台阶上，拄着拐杖在休息，当他们经过时，他高兴地挥动着帽子。

雪橇停在了村子最南边路旁不远处的一座小农庄外。涂了焦油的门敞开着，拱门上挂着一盏昏暗的灯笼，垂在绳子的末端缓缓地转着圈。副牧师不得不在灯笼下面下了车，因为院子里堆满了雪，雪橇没法再往前走了。他沿着一条扫干净了的小路，绕过雪堆，来到一幢低矮的房子面前。

四周一片寂静。只能听到马棚里链条的微弱响声，墙后面传来一只猫的叫声。他走到门口，听到里面的一扇门开了，一个女人柔和的嗓音轻轻地说道："我想我听到马铃声了——教区长一准到了。"

他敲了敲门，下一刻就发现自己走进了一间长长的、低矮的房间，房间里布置着老式的家具，窗户很小，有着木制的天花板和深色的泥土地面。一根细长的牛油蜡烛摇曳着烛光，放置在一张笨重的橡木桌的一端。一看见他进门，一个小个子的中年男人站起身来。他铁灰色的头发很浓密，一副生锈的黄铜眼镜架在又宽又大的鼻子上。这个男人刚才一直在读一份报纸，现在——看得出很慌乱——正急急忙忙地想把它藏到桌子底下去，同时，记起了他的眼镜，尴尬地一把拽下来，似乎他在干什么傻事的时候被抓住了。

他正要走上前迎接等待已久的教区长，突然惊得后退了一步，他张着嘴瞪着眼前的陌生人，陌生人站在门边，友好地问候他。

"请别惊慌，"副牧师一边上前一边说道，"我是教区长的代表，他的副牧师——应他的请求来看望你。"

这时候，隔壁的房门小心翼翼地打开了，一个铁青色头发、长着一双突出的大眼睛、身材粗壮的中年女人走进来。她也猛地呆住了，有那么一会儿，用一种不太友好的眼神审视着眼前的陌生人。突然，她脸色一亮，欢快地笑了起来，走近副牧师，伸出一只肉嘟嘟的手，没有丝毫尴尬，用一种非常轻柔、天真的嗓音说道：

"这一准儿是我们新来的副牧师吧？哎，太欢迎了！……所以说您终于到了！我没想到有这么幸运……我太高兴了，真的！……那么您真的是新来的牧师啰，您原来是这个样子！和我想象的一样……我真是太高兴见着您啦，没错！"

她立在他前面一两步远，双手叠在肚子上，一边说她很开心，一边从头到脚地打量着他。

过了一会儿，副牧师觉得面对这样的审视有些尴尬，问起了生病的人。

但她还没有从高兴和吃惊中回过神来，仍旧盯着他看。她的丈夫从身后焦急地扯了扯她的裙子，她才想起来回答。

"哦，谢谢您啦，"她说道，换了一种声调，瞧着她身后半开着的门，"感谢上帝！好些啦，但中午那会儿，她情形还很糟糕呢。天气好转了一点儿，我们觉着还是得给教区长送个信；也许我们不该那么心急，现在危险过去了，这么糟糕的路，一个牧师晚上出来可不容易。"

"哦，别担心这个，"副牧师打断她，"遇到这种事，这算不上什么。任何时候你需要我，一定要派人找我，我很乐意为你效劳。如果病人那边方便的话，你觉得我们是不是最好进去？"

妇人小心地打开隔壁房间的门，三个人安静地走进一间灯光昏暗的长方形屋子，这间屋子的地板比外面的客厅要低一些。一张宽大的床占掉了整个一面窄墙，床头边的一张小桌子上立着一盏带灯罩的台灯、一个药瓶和一本祈祷书。床上躺着一位棕色头发的姑娘，肿肿的眼皮紧闭着，因为发烧满面通红。

年轻的牧师急忙转过身，困惑地问：

"这位是谁？"

"这是我们的女儿。"妇人答道，吃惊地看着他。

"什么？……但是教区长说……"副牧师结结巴巴起来。他羞怯地背对着床，因为年轻的姑娘只穿了件女式衬裙，完全是居家的打扮，而且由于发烧，两只光着的胳膊都露在被子外面。

"不是说一个老人病了吗……教区长说……让我想想——他的名字叫安德斯·约尔根？"

"是我！"听到他的名字，那个男人喊了出来，困惑地抬起半瞎的眼睛，"的确是我请您来的，但我身体好着呢。"

"那么一定是有什么误会……"

"嗯，生病的是我们的女儿，汉茜娜。"妇人安静地说，然后她开始说起三天前女儿生病了，后背和腰都疼。开始他们没当回事儿，接着女儿的脖子也开始疼了，昨天晚上，情况突然变得很糟糕，他们就请了医生。医生来了以后，摇着头，到今天中午的时候他还说情形不乐观……但现在医生认为最糟糕的时候已经过去了。

在她讲话的时候，副牧师已经从最初的惊慌中恢复过来，甚至为自己刚才的不安感到有些羞愧，他强迫自己集中精力专心于马上要主持的宗教仪式，再次走到床边。

这时，病人醒过来了，睁开了她深蓝色的眼睛，因为发烧有些神志不清，她用一种僵硬又不情愿的表情盯着面前的陌生人。她母亲俯下身子，告诉她他是谁……然后年轻姑娘欣慰地长长叹了一口气，安静地闭上了眼睛，说她一直在盼望着这个，已经准备好了。

她母亲仔细地给她掖好被子，从桌上拿了祈祷书，坐在床头的椅子上，这样待会儿等女儿拿杯子的时候就可以帮她。老父亲严肃地站在床脚，最后一刻，浅色头发的少年小心地从门外溜进来，倚靠在门柱上，嘴唇因为强忍哭泣而微微发抖。他紧紧地盯着副牧师从盒子里取出一块圣饼和一只小小的银质圣杯，把它们放在桌子的台灯下。

大家都虔诚地保持安静。只能听见墙角那只高高的老式钟发出的响亮的嘀嗒声和病人粗重的喘息声。年轻的牧师走到床边，合起手开始祈祷。

也许是因为猛然见到一位年轻姑娘，也许是突然接手这么

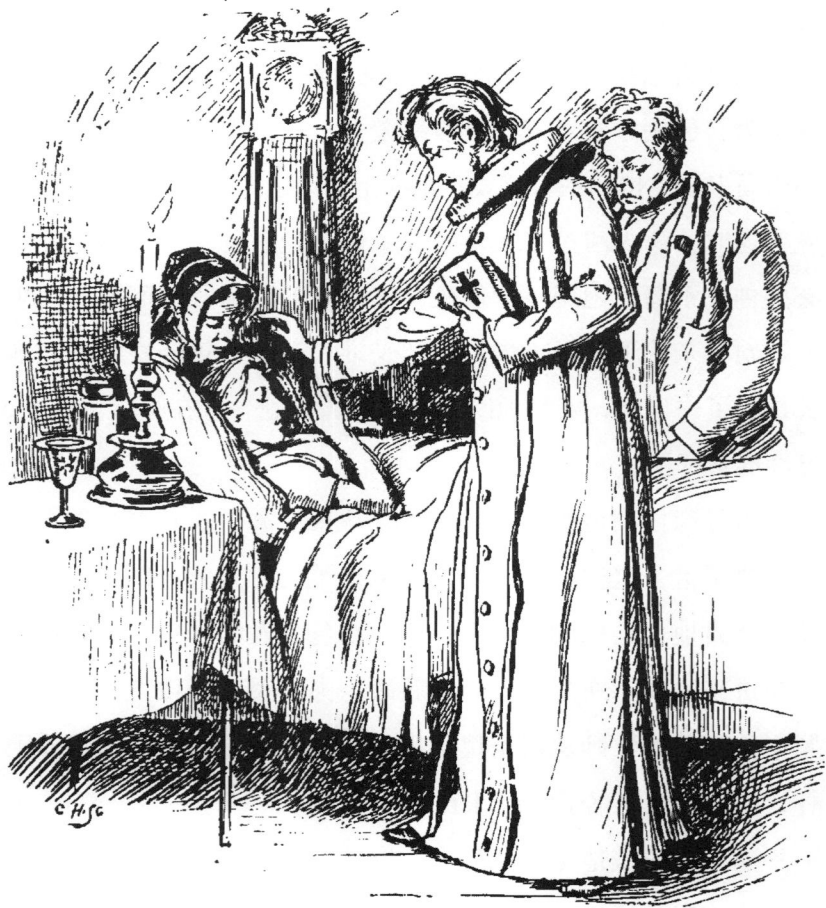

一份圣职引发的兴奋，又或许是因为突然从清新、寒冷的户外进到这么一个病人狭小的房间里……他的脑子里突然一句话也想不起来。他感到一阵奇怪的头昏眼花，舌头僵住了，额头上冒出了一层冷汗。

突然，一首诗，一首儿时母亲教给他的、晚祷时唱的赞美诗，从脑海中闪现。他已经很多年没有想起过它了，现在，像来自天堂的天使，这首诗浮现出来。他有一种感觉，好像一个人正站在他旁边，握着他的手。像是从一个陌生人的口中传出，他听见自己热情诚挚地述说着上帝的荣光、上帝的真与善，以及耶稣为了人类的罪孽而慷慨赴死。

仪式中熟悉的句子在他的口中听起来陌生又充满活力；当他最后将手放在姑娘的额头给予赦罪时，他颤抖的灵魂感受到这一刻上帝强大的精神正通过他传递。

第八章

这一晚，四个人正在教区委员会主席简森家天蓝色的华丽客厅里玩牌。

除了主人，另外三个分别是这个区的兽医阿格博耶、老教师莫腾森和店老板威灵。他们都来自韦尔比村。

从早上十点开始，除了吃饭，他们一直待在同一张桌子前。闹钟现在指着凌晨三点。蜡烛已经两次燃到了烛台底座那儿，整个晚上厨房送来了四次热水。目前，看起来还没有一个人想叫停，虽然白兰地的味道、灼热的炉火烟雾，混着烟草浓浓的蓝烟，已经让他们几乎看不见彼此，也大大地减退了他们的兴致。

一句多余的话也不必说，大家几乎自动将扑克牌扔到了桌上，牌局结束了。甚至小威灵突出的眼睛，前面一直在忙着窥探其他玩家的牌，这会儿也充着血，像一条蒸熟了的黑线鳕鱼那样瞪着。事实上，牌局一直没结束是因为谁也没有决心喊停。唯一还兴致勃勃的只有老教师莫腾森，他大概是在一张奥伯尔牌① 桌边出生的。

---

① 一种三人玩的扑克牌，源自法语。

从仔细地撩起大衣下摆坐在椅子上，到刚才明白无误地知道牌局结束，他一直笔直地抬着令人尊敬的花白的头，绷着一张面无表情的严肃的脸，竭力掩饰看到扑克牌和钱的狂热。只有嘴唇抑制不住的颤抖和他硬硬的老式长靴不停发出的咯吱声泄露了他的兴奋。在关键的时刻，他不时地用一条红色丝质手帕擦擦额头上珠子般密密的汗水；如果经过深思熟虑之后，冒险"叫了牌"，他会闭上眼睛，似乎在心里祈祷。主人简森坐在他的右手边，徒劳地想忍住打瞌睡。他是个结实的大个子，长着一张容易激动的红脸膛，一只紫色的鼻子耷拉着。作为这一带的富人，他的整个举止和穿着都显示出他觉得自己可不只是个普通的农民。朋友们都习惯叫他"乡绅简森"，或者"简森先生"，而不称呼他的教名。作为回报，他允许他们随心所欲地敲竹杠，不但如此，每次从裤口袋里掏出一枚崭新的"克朗"他都会开怀大笑。他并不热衷于玩牌，但是很自豪自己学会了这个贵族的"消遣方式"，只有绅士们才玩这个。别人垂涎他的钱也让他很得意，他朝他们扔硬币的样子就像在喂一群猪。

兽医阿格博耶坐在老教师的对面，肩膀宽宽的，很强壮，浓密的棕色头发，留着灰色的胡须。他坐在那儿，头搁在手上，陷入了一种迟钝沮丧的迷糊中。他不时地伸手抚着自己浓密的头发，拍着自己的额头，痛苦地诅咒着自己。热甜酒上了头，他今晚赌运很差。口袋里只赢了简森几个硬币——对于阿格博耶，玩牌可不只是别人眼中的消遣，那是性命攸关的生死搏斗。

突然，老教师的旧靴子在桌子底下"咯吱咯吱"拼命响了起来。他银白色眉毛下的一双眼睛，焦急地看向桌子中央的一个茶碟，里面盛着作为所谓"赌资之外的赌注"的二十五个克朗。

最后，他抹了抹自己苍白的脸，闭了下眼睛，就像他礼拜日在高坛台阶上开始作祷告时做的那样，安静地说："我要玩牌赢那个赌注！"

几个昏昏欲睡的人都惊醒了，兽医抬起了他沉重的头颅，恼怒地叫喊起来。

"什么花色？"他低吼道。

"梅花。"老教师和气地答道。

牌默默地拿过来了。兽医喝了一小口热甜酒，用毛茸茸的手轻抚着自己的胡须，振作精神投入战斗。他的眼睛红得像一头公牛，准备再试一试自己的运气。如果这一局决出胜负，牌局就整个结束了，今晚的所有希望也都结束了。莫腾森除了国王、皇后、三张红桃、两张小花色的黑桃，还有三张"斗牛士"和四张王牌，而且他还能领先叫牌。像一个小心的将军，他把红桃国王留在后面，先打出了皇后。

兽医不能跟牌，但也没有上当。

"这是障眼法，我觉得。"他低吼道，甩出一张王牌吃了它。

莫腾森的额头上渗出了一层汗。

兽医打了一张小王牌，威灵用国王吃了它；莫腾森也被迫跟牌。威灵又打了一张红桃，莫腾森跟了国王，兽医用王牌吃了它，打出了一张黑桃皇后。

现在莫腾森看出来他输了，他的靴子不再"咯吱"作响，脸变得像纸一样惨白。接着不被察觉的，他把应该跟牌的一张小花色的黑桃掉到了大腿上，沿着他的膝盖滑到了地板上，迅速地用靴子踩住它，同时用一张小王牌吃了黑桃皇后。然后他一连扔出三张斗牛士，代替他偷偷藏起来的牌，不让人发现他的小把戏；房子里烟雾腾腾的，谁也没注意最初的六张王牌同时又出现了。

老教师赢了这"单独"一局，牌局最终结束了。

这时候，梳镜柜上金光闪闪的闹钟告诫般地敲了四下。莫腾森一脸正直的微笑，把面前堆得高高的钱塞进了一个老式的皮钱包，放进了裤子后面的口袋里，小心地扣上扣子。

紧接着，男主人残疾的矮个子妻子出现在隔壁的门口——她刚才一直裹着大披肩坐在火炉边打盹。她用一种几乎听不见的嗓音，尽管已经尽力提高嗓门，并抬起萎缩的手笨拙地邀请先生们进去喝点东西："稍微提提神。"

男主人也站起身，大声地发出邀请："请——请进，喝——喝点儿稍微提提神——我们需——需要在辛苦后吃点儿什么！"

"稍微提提神"的食物已经在隔壁摆放好了，头盘是热牛排炖洋葱，其他还有一大桌腌猪肉、火腿、香肠、水煮蛋、鹅肉、鹅肝馅饼以及各种烟熏肉，除此之外，玉米白兰地和巴伐利亚啤酒也是足量供应。虽然客人们这一天里在这张桌子上已经结结实实地吃了四顿，但他们还是再一次对食物发起了进攻，不久后就消灭了玻璃瓶中的白兰地和盘子里的菜肴。饭后，咖啡和法国干邑又上了桌。

进餐的当中，兽医突然赌咒发誓，将玻璃杯重重地砸在餐桌上，用力之猛，甚至把杯子腿都砸断了。他猛地记起曾答应去邻近的村子里给一头母牛看病，早上他正要去那儿，如果不是中途顺便拜访了教区委员会主席的话。

很不幸，简森在他进门之后立刻提议派个人去老教师和店老板的家请他们过来玩牌；而阿格博耶恰好最近手头有些紧，正缺几个克朗来付面包店的账单，立刻就同意了，想着几个小时后就能赢得急需的这笔钱。打牌的时候，那头生病的母牛和别的一切他都一股脑地忘了个干净。对阿格博耶这是常有的事。每天早晨他驾着一辆小小的、溅满泥浆的轻便马车出门的时候，总是会对自己和妻子庄严地保证，今天一定会给他所有的病患问诊。但是只要去的第一家农庄有希望打牌或赢点儿钱，他就哪儿也不会去了。他每天的生活就是疯狂地不停追逐，好挣个一二十克朗付面包店或鞋匠的账。由于给牲口看病的诊费都不是当场就付，所以他总是很难抵制住这种诱惑：铤而走险好赢一笔钱来支付每天的账单。现在他已经完全稀里糊涂了，喝了一杯又一杯，不知道自己在干什么，最后张着嘴瘫倒在椅子上，小个子的店老板晃着他的肩膀说"嗨，阿格博耶，已经五点了"，他才醒过来。

第九章

莫腾森钻进了他家柔软的鸭绒被，手搁在被罩上，念起了主祷文。

躺在旁边的妻子迷迷糊糊地转过身，床被她重重的身体压得咯吱作响。

"你赢钱了吗，莫腾森？"

他没理她，继续祈祷，最后说道：

"赢了十二个克朗，亲爱的！"说完，轻柔安静地睡着了。

与此同时，威灵也回到了自己位于池塘边、村子中央的小店。他一路上半梦半醒，但当他走进店里，闻到混合着肥皂、葡萄干、咖啡和烟草的熟悉的味道，他一下子醒了。他在黑暗中站了一会儿，听着店后面小隔间里店伙计重重的鼾声。然后，他点亮了柜台上为他留着的一小节蜡烛，悄悄地清点了钱柜里的零钱，察看了装着葡萄干和西梅干的柜子，瞅了瞅了房梁，然后举着蜡烛去了地下室；到处检查了一遍，没发现什么可疑的，他满意地走进了卧室。

他年轻的妻子在床上坐起身，揉了揉眼睛，立刻开始详细地说起了这一天店里发生的事：磨坊主运了谷物来店里，汉斯·简森买了一桶白兰地，老裁缝索伦从她这儿赊了一磅糖等等。她是个丰满的小个子女人，有着一张圆圆的孩子似的脸，头上是顶老奶奶常戴的那种大睡帽。

威灵迅速地脱着衣服，一边满意地说："好的！——很好，斯娜——干得太棒了，小朋友。"他时不时地回上一两句，穿着短裤和内裤在小房间里走来走去，好像在追着自己的影子，那影子一会儿投在墙角缩得只有青蛙大小，一会儿投在低矮的墙上，拉大，像一个幽灵。

灯熄了，他们躺在被子里聊了很久，谈着咖啡、粗面粉的价格和赊欠出去的账。即使在最亲密的时候，这两个精明的人也一刻没忘记他们的生意。

阿格博耶是三个人里住得最远的。

他住在离村子半英里外一座偏僻的小房子里，位于通往海岸边的路上。十五年前，刚结婚的他来到这个地区，故意挑选了这么个偏僻的地方好享受不被人打扰的甜蜜。从窗户那儿可以一眼看到峡湾和海岸。很多个温暖的春夜和月色皎洁的秋夜，他和年轻的妻子在这些安静的小山上散步，手挽着手，脸贴着脸，欢快的心跳动着，满怀喜悦和希望。

现在，因为喝酒和长时间玩牌，他的头晕乎乎的，在黑暗里跌跌撞撞地穿过雪地和泥潭，不停地诅咒回家的路太远。他的轻便马车通常都停在他待了一天的那户人家；因为回家的时候，他的状况总是已经不适合驾马车。今晚，简森也没让他驾车回家，虽然有雪，路上很亮，而且往他家的路上雪都已经清理干净了。但阿格博耶并没有沿着路在走，他踉踉跄跄、歪歪扭扭地穿过田野，长筒靴子踩在厚厚的雪里，每隔一会儿，就停下来，用拳头砸着脑门，大声地哀叹，诅咒着自己和全世界。从来没有——他想——运气像今天这么背——也从来没有——他想着——像这会儿，当所有的路都断了，他觉得这么爱他的妻子和孩子们。早上，面包师会第三次把账单拿过来，他已经威胁过他再不付账，就让法警给他送传票。该怎么办？他连一根上吊的绳子也买不起！——他在一个高高的雪堆旁停下来，解开衣服纽扣，用肿胀的手指头从马夹口袋里掏出几枚小硬币，摊在手心里。他站在那仔细地数了又数，然后，发出了一声响亮的、像啜泣似的叹息，握紧拳头，继续往前走。

最后，当他终于到了家，看到破败不堪的围墙和大门，恐惧和羞愧——每次总会这样——使他那一刻分外清醒。他在走廊脱下重重的靴子，穿着袜子轻轻地溜进了卧室。卧室里面挤着孩子们的床，妻子床边的椅子上点着一盏灯。

他欣慰地叹了口气。妻子的眼睛闭着，瘦弱的手垫在苍白的脸庞下，看起来睡得很熟。他刚开始脱衣服，就听见她动了动头，他回过头去，看见她大大的棕色眼睛正看着他，明亮的目光说明她也一晚没睡。

"晚——晚上好，小索菲！"他微微地顿了顿，靠在了床柱子上。

"早上好。"她安静地答道。

"哦，是啊，"他故作开心地回答，"是挺晚了——呃，挺早了——啊！——是莫腾森，你知道的——他这人打起牌来没个完——是个大牌迷！"

她没有回答，疲倦地闭上了眼睛，然后又睁开说道：

"埃格德的安德斯·简森那儿来了个骑马的送信人。好像是你曾经答应过去看一看那里生病的一头母牛。"

"我吗？"他喊道，脸红了起来，尽力盯着她的眼睛，"我一点也不知道这回事儿——肯定是搞错了。"

她继续平静地说："那个送信的是来告诉说现在已经没关系了，因为那头牛死了。你不用再麻烦去那儿跑一趟了。"

阿格博耶没说话。他靠着床柱站着，盯着地板——额头上青筋直暴，嘴紧紧地抿着。

突然他颤抖了一下，用手捋了捋头发，右手往前伸，朝妻子坚定地走过去。

"握着我的手，索菲，今晚是我最后一次打牌——我向你发誓，从今天起我会改过自新。听见了吗，索菲？你可以相信我——这一次你一定要相信我，"他反复不停地说，眼泪都流了下来，"我向你发誓，一切都会好起来的。索菲，我会弥补这一切——弥补你因为我、因为孩子们——遭的这些罪。——哦，上帝——噢，上帝！"

　　醉意又涌上了头。他跪在妻子的床边，像个孩子似的把头埋在床单里，粗壮的身体因为痛哭而抖动。

　　她静静地躺在那儿，闭着眼睛。然后，她从被单上慢慢抬起手，摸着他的头发——她忍不住要这么做，尽管从前她已经听过几百次这样悔恨的痛哭，也一再被同样庄严的承诺所欺骗。最后，她眼中也涌出了泪花，两只手紧紧地抱住他的头，把它贴在自己消瘦的胸口，低声说："我可怜的——可怜的伯纳德！"

第二部

第一章

斯基博卢卜教堂离斯基博卢卜村有将近一英里远——位于一座插入峡湾、光秃秃的孤立的小山上。只有一条低矮、狭窄的路连接着教堂和大陆，路上的沙子和石头间生长着一些浅色的小草、石南和低矮的荆棘。古老的教堂由一些粗糙的石块砌成，年久失修，其中有一面砖墙是后来修建的。整个教堂因为荒凉显得很神秘。那些被岁月侵蚀了的墓地间散落着一些碎瓦片、石灰和玻璃片；一走进教堂，光秃秃的白墙（在夏天会因为潮湿而变绿）就让人感到一阵寒意。冬天，这儿更冷，圣洗池的水都结成了冰，牧师不得不穿着套鞋、戴着连指手套站在讲坛上布道。

工作日里，除了绰号"死神"的教堂司事会来逛逛，教堂里一个人也见不着。他常常会在清晨或晚上，走出村子，骨瘦如柴的胳膊背在身后，沉思着，路上看到狐狸在荆棘丛里徘徊、教堂墙外的草地上教区办事员的羊群忧愁地啃着草，还有偶尔的，陡峭的悬崖下一个孤独的渔民在船上起网，他都会摇一摇手里生锈的铃铛，发出几声低沉的闷响。

但是到了礼拜日——尤其是重大的节日——到处都变得生气勃勃、喧闹起来。通往斯基博卢卜村的路上挤满了身穿节日服装的人们，车子也洗得干干净净。渔民们开着船绕过"海岬"，停靠在海边的那块巨石旁，从那儿男人们扛着女人上岸。女人们都戴着只有去教堂才穿的黑色兜帽，其中很多人还带着用苔藓和鲜花扎的花环和十字架，她们会把这些放在狂风呼啸的墓地，然后排着一条队进教堂里去。这时，"死神"就站在教堂墓地的一角，从那儿他可以看见牧师的马车沿着韦尔比大道驶过来。

只要从山峰间看见车篷的顶，他就迈着长腿，快速穿过墓地走进塔楼；人们集合好，在教堂的门外聊着天，排着队慢慢地进入教堂，在有回音的拱顶下就座，虔诚地清清嗓子、吸着鼻子，塔楼上的钟发出洪亮有力的鸣响，震得墙壁直发抖。

但这些场景差不多都已经被人们忘记了。自从汤内森教区长来到这个教区，教堂即使在礼拜日也常常空空荡荡；荒凉的大路上回荡着生锈的大钟的鸣响，只有几个来缴纳什一税的债务人在教堂里咳嗽着，他们不敢惹恼教区长。毕竟，几年前是教区长让人在教堂里安放了一个炉子，给那些座位铺上了厚厚的灯芯草垫子。

但是在斯基博卢卜村，革命党的力量很强大，臭名昭著的织工汉森在那里设立了指挥部。每个礼拜日教堂中空荡荡的座位让教区长非常恼火。有一次他气得大发雷霆，手砸在了讲坛上，用力之猛，让雕刻在讲坛四周的木质圣彼得和其他基督使徒像都丢了鼻子和嘴唇。自从韩斯特德牧师来到这个教区，这儿发生了一个变化，三月末的一个礼拜日——第一个春日——很多人的声音又飘荡在峡湾里，夹杂着岸边飞翔的海鸥发出的阵阵尖叫声。

教堂墓地墙外的路上停着一条长长的车队，拉车的马闪闪发亮，它们正在等着教堂里的仪式结束。一些马车夫头靠在手上，在座位上迷迷糊糊地打着盹。另外一些人躺在沟渠里，一边抽着烟一边说着闲话打发时间。

教区长带顶篷的马车停在前面的大门边，马车夫穿着一件蓝色大外套坐在车厢前高高的座位上，他是一个有些女人气的老头。

那些等候的马车夫们喜欢拿他开玩笑，他们总是叫他"玛伦"（这本来是他死了的老婆的教名），而用他的教名"拉斯梅斯"称呼他老婆，这当然是有原因的。今天，像往常一样，四五个人手插着口袋，围在他旁边捉弄他。

"我说，玛伦！"一个人说道，俏皮地眨了眨眼，"副牧师和你们东家年轻的小姐到哪一步啦？我想他们俩每天抬头不见低头见的，马上要结婚了吧！"

"我来告诉你怎么样了，"另外一个人漫不经心地靠在大门的门柱上，说道，"有教养的先生小姐才不会这么快呢；这些年轻的小姐就像母鸡那样——答应你们之前总要先让你们在她们面前卖力地摇摇尾巴才行。我说得没错吧，玛伦？"

那人坐在座位上一动不动，没有回答。他觉得这些人很不尊敬地嚼着舌头，捉弄教区长的马车夫，无凭无据地说着拉格希尔德小姐的闲话，自己作为牧师家的雇工，如果跟他们搅在一起，是贬低了自己的身份。

这时候，教堂里的赞美诗唱完了，走廊的门打开了，人们拥了出来。

聚在门口等着开教区会议的男人们当中有一个人特别引人注目。他是个中年男人，一身农民的打扮，又高又瘦，有点儿驼背，两只长胳膊垂着，顶着一个扁扁的、小得出奇的头。脸长得很像猫，聪明而又机敏，小小的眼睛，眼眶红红的，下巴上留着一撮细细的红胡子。

大多数的男人都伸着手走到他面前，询问地看着他，而他的回答总是歪嘴一笑，然后垂下一只眼皮。

突然，聚在一起的人们分开了，穿着环状领长袍的韩斯特德牧师出现了。

虽然之前在斯基博卢卜村和韦尔比村他已经做过几次布道，但是现在牧师看起来苍白、疲惫，显然很尴尬地与集合的人们打着招呼。他们也不由得意识到了这一点。猫脸的男人没有用手碰触帽檐致敬，只是站在那儿，嘴角翘着，用一种轻蔑的目光看着年轻的牧师走到马车门边，"死神"站在那儿，手里握着帽子，像只虫子低低地弯下腰去。

老马车夫刚发动马车，副牧师就往后靠在了车厢的一角，带着痛苦的表情将手放在了额头上。他把那顶软软的宽边帽扔到了座位上，似乎它烫了他的额头；马车在起伏不平的路上颠簸着，咯吱作响，他的眼睛闭着，嘴唇抿得紧紧的，好几分钟保持这个姿势，似乎极力想忍住泪水夺眶而出。

第二章

　　教区长在牧师宅邸等着他，他也刚从韦尔比教堂主持完仪式回来。两人说好每个礼拜日，分别在斯基博卢卜村和韦尔比村布道。这是教区长故意安排的，斯基博卢卜村不怀好意的村民一直以来顽固地拒绝参加他的布道，他担心（并非不无道理）他们为了进一步表示敌意，会一股脑地拥到副牧师布道的教堂去做礼拜。所以，他只在最后一刻才宣布自己会去哪一座教堂主持，因此，一段时间里，两座教堂都挤满了人，每一个人都希望能听到新来的副牧师布道。

　　看到韦尔比教堂挤满他忠实的信众，教区长很振奋，回家时心情也很好，坐到午餐桌旁胃口大开。同时他由于最近心情不错，晚上还将举行一个娱乐活动，已经筹划了好几天了。通常，教区长和女儿的生活很清静，因为他们从来也不参加农民们的节日活动，只在偶尔会去本区少数几个绝对称不上有钱的乡绅家里做客。不过，每年教区长会举办（如果可以这么说的话）两次正式的晚宴，邀请（或者说"命令"）教区会众中不同阶层的代表前来，其庄重的气氛堪比皇家晚宴。

　　教区长总是亲自负责筹备，他很热衷于管理以及发号施令。

几天前，他已经命令采购一些美酒、肉和各种各样的美味佳肴；他刚围好餐巾在餐桌旁坐下，就开始给女儿下达一串极为详细的指示：酒存放的温度是多少、沙拉要如何准备等等。

这时候，副牧师安静地坐着，像往常一样心不在焉地把面包弄成碎屑，几乎什么也没吃。这个冬天他的模样发生了明显的变化。脸颊凹陷下去了，曾经清澈、坦率的眼睛里愁云密布，泄露出内心备受煎熬。

拉格希尔德小姐从餐桌的另一端看了他好几回。她早上托辞要为晚上的活动做准备，没有像往常一样陪父亲去教堂，身上仍然是一件早晨穿的柔软暖和的碎花礼服——长而尖的紧身胸衣，下面是大而蓬松的裙摆。苍白的脸上大大的蓝灰色眼睛里透着一种隐藏的忧虑以及姐妹般的怜悯之情，似乎她明白和理解副牧师的烦恼。

最后，连教区长也注意到了韩斯特德牧师不同寻常的心不在焉，于是突然问了他一个问题，结果副牧师答非所问，这让他不赞成地皱起了眉头。他觉得自己说话的时候，副牧师居然没有在听，这很不像话，即便他聊的是馅饼和沙拉。突然间，教区长感觉副牧师不像自己曾经期待的那么令人满意了。他觉得很压抑，每一天这个年轻人都变得越来越古怪和沉默，在他的房子里四处走动，很明显正经受着某种秘密的折磨。他不知道他在愁什么，觉得自己和女儿已经尽可能地让他住得开心，对他像家人一般。尤其让他不快的是副牧师对待他女儿的态度。他不可能看不出这两个人之间有一种相互理解，他觉得有理由相信韩斯特德先生对他女儿并非毫不在意。但到目前为止，副牧师并没有采取任何决定性的举动。教区长不知道这是因为副牧师反复无常的情绪还是因为极度的害羞，但不管是哪一种，在他看来他都有权感到愤愤不平。

到目前为止，他能够一直暗暗隐忍自己的焦躁，也完全是出于对拉格希尔德小姐的考虑。女儿孤单、没有保障的将来常常让他很不安。在这种情况下，他只能再次极力克制、不显露出自己的恼怒。他还没来得及平息自己的怒火，大家已经从午餐桌前起身，接着副牧师上楼去了自己的房间。

"真不明白那个人！"他怒气冲冲，开始在房间里快步地走来走去，"不知道他的脑子里在想什么。每天和我们坐在这儿，一声不响，毫无感情，好像被什么巨大的不幸给压垮了！你觉得是什么原因，拉格希尔德？"

"哦，"他的女儿安静地答道——她靠着椅背坐在桌前，眼睛半闭着看向窗外，若有所思——"我觉得如果目前的职位让他觉得很压抑，也没什么好稀奇的。他这么年轻——而且，大概也觉察到了他的布道没有赢得人们的一致赞同。"

"嗯，如果是这样，那他没有必要责备自己，"教区长洋洋自得地说，"我相信这不是目前困扰他的原因。如果是因为布道，他肯定会来找我倾诉他的烦恼。不，我担心他可能不明白他自己。他的内心有些摇摆不定。也许他的脑子里有一些奇怪的想法。这是家族遗传，我听说。根据彼得森牧师跟我说的，他的母亲是一个很古怪的人，后来在一次短暂的精神失常中自杀了。"

拉格希尔德小姐转过头，吃惊地看着父亲。

"您说什么！——他的母亲！"

教区长停下来，清了清嗓子。因为一时心急，他说漏了嘴，本来为了副牧师和会众考虑他曾决心要保守这个秘密。

"呃——我当然并不十分清楚具体是怎么样！"他说道，安抚地笑了一笑，挥了挥手，继续走动起来，"人们都说——我的意思是，我们的好韩斯特德先生太想一个人待着了，希望从人们面前消失；但是我知道我已经尽我所能让他感到自在。我肯定你也这么做了。我经常看到你们一起在花园里散步。你们有——在我看来——很多相同的兴趣；他对你的音乐造诣评价很高——是他亲口告诉我的！所以我无法想象到底是什么让他这么沉默——我想，不会是你，拉格希尔德——用什么方式——嗯——伤害了他吧？"

教区长再次停下来，这回待在房间一个阴暗的角落里——用一种小心翼翼、探究的眼光看着女儿。

　　她似乎没有听见他的话，坐在那儿，两只胳膊交叉，眼睛直直地看着前方，脸上带着一种冷漠的表情。每一次父亲试图把副牧师的名字和她的联系在一起，她总是这个表情。

　　教区长皱起浓密的眉毛，他不明白自己的孩子。他神情阴郁地继续在房间里踱着步，不久后就离开了。

第三章

　　副牧师上楼进了自己的房间，这是一间宽敞的阁楼，安静偏僻，自成一个小世界，另外几间大阁楼包围着它。尽管天花板倾斜，从唯一的窗户透进来的光线也不足，这个房间还是很舒适的。有一张写字台、一张沙发、一张旧式的桃花心木桌子；书架上堆满了书，一把大扶手椅，地板上面铺着小垫子，屏风后立着一张床。房间里空气清新，散发着花的芳香。副牧师是神职人员中的一朵奇葩——不吸烟。他非常喜欢花；窗台上摆放着各种植物，一株浅绿色的常春藤藤蔓缠绕在窗框上。

　　沙发的上方挂着马丁·路德 ① 和菲利普·梅兰希通 ② 的巨幅画像，两幅画的中间是几张家人的照片。有他的父亲，高高瘦瘦、容貌高贵，手里拿着帽子靠在一张桌子前，紧身大衣的扣眼里别着一枚宽丝带的勋章。旁边挂着他母亲的一幅小小的银

---

① 马丁·路德（1483—1546），德国基督教神学家，宗教改革运动的主要发起人，基督教路德宗的开创者。

② 菲利普·梅兰希通（1497—1560），德国语言学家、哲学家、人类学家、神学家、教科书作家和新拉丁语诗人，被誉为"德国的老师"，他是德国和欧洲宗教改革中除马丁·路德外的另一个代表人物，也是马丁·路德最亲密的好友。

板相片，黄色蜡菊编成的花环围绕在相框四周。这张照片显然拍于韩斯特德夫人少女时代。阳光已经将它晒得褪了色，只能模模糊糊地看出她头发盘得很高，年轻的面庞上有一双大大的、明亮的眼睛。此外，这些照片里还有副牧师弟弟，一名警卫队中尉——一个帅小伙，有一张精力充沛、生机勃勃的脸；他妹妹，一位总领事夫人，个子小小的，像个孩子似的紧张颤动的眼睛，笑容苍白。

伊曼纽尔是韩斯特德议员的长子，他坐在写字台前，身穿褐色的晨袍，下巴支在手上，打开了一封信。是他父亲寄来的。昨天就收到了，但他一直拖延着没打开，这样一来就可以不被影响，好专心写布道词。这会儿他很不情愿地拆开看起来，刚开始速度很快，心不在焉。信里说了家里发生的一些平常小事——他弟弟参加了一场宫廷舞会、总领事举办了生日晚宴、他妹妹的孩子长了第一颗牙等等。慢慢地，他的注意力集中起来，读得越来越慢，一个字一个字地读，有时候他露出深思的一笑，读到最后，带了点儿悲伤。信的结尾这样写道：

"你可以想象，我亲爱的儿子，我们很高兴听说你很好，心满意足地生活在'荒野'中——你弟弟开玩笑时经常用这个词。毫无疑问你已经选择了一份高尚的职业；虽然我不否认我更希望你能从事一份和我们家族传统相称的职业，一份不要让你远离我们的职业；然而，我能问心无愧地说，我和我们全家都希望你在你选择的责任重大的事业上获得成功，得到上帝的庇佑。由于我们一直生活在我们这个有教养的社会阶层里，大家自然很难完全理解你在一个环境和教育完全不同的阶层里，怎么能找到亲密的伙伴并从中受益；比如你和你选择生活的那个地方的人们。我承认那种令人满意的才智交流——当然不包括严格的宗教领域——对我而言一直是一个不解之谜。也许是因为我不了解真实的情况，我只想重申我们祝愿你事业称心如意。"

伊曼纽尔把最后一段慢慢地读了两遍——一片乌云慢慢地笼罩了他的脸。拿着信的手慢慢落在膝盖上，他一动不动地保持着这个姿势，眼睛盯着地板。

突然，他站起身，在房间里大步来回走动。他不能——他不能相信自己的父亲和别人是对的——他所有的美梦都是幻想！——然而，然而，不正是这同样的困惑现在正在折磨他吗？在内心最深处，他不是已经开始失去信心，觉得自己无论如何也没有力量在这个职业中获得成功吗？他知道自己已经竭尽所能，意志坚定地试图完善自己，适应这个职位。写字台抽屉里写得密密麻麻的稿纸见证了他不懈的勤奋，一个礼拜接着一个礼拜，他尽心尽力地准备着布道——希望最后他能成功地用语言的魔力和信仰的力量迷住他的听众。但是，徒劳无功！——礼拜日他一走上讲坛，看到陌生的眼睛望着他，所有事先酝酿好的话，温暖又充满信念的话，通通都僵在他的嘴边。绝望中，他听见自己的声音，在教堂的拱顶下空洞苍白地回响，他注意到所有的信众都慢慢地打起了瞌睡。似乎一条越来越宽的鸿沟将他和信徒们分隔了开来，他的声音无法触及到他们——他引导人们奔向天国的话语就像冻僵的小鸟从一条黑暗冰冷的缝隙里一只只坠落。他停下烦恼的脚步，站在深深的窗洞前，一动不动，久久地看着窗外。金色的阳光洒在这个金发的高个子身上，他穿着宽松的晨袍，肩膀斜靠在窗边——窗框似乎是由绿色的常春藤缠绕而成——回想起了一个年轻修道士的身影，从孤独的小屋做梦一般地凝视着窗外，外面的世界有他所向往的一切。从窗口他可以看到整个教区。窗外正对着牧师宅邸花园的一角，再过去是几幢韦尔比村涂着灰泥的大农庄、砌着围墙的池塘。沿着宽阔的马路往前几英里，蜿蜒穿过起伏的田野，在遥远的南边，路消失在三个大大的、光秃秃的土丘中，土丘后面惬意地藏着斯基博卢卜村，从山顶上看不到一个烟囱。更远的地方，能依稀看到孤单的斯基博卢卜教堂，沿着东面的地平线，隐约可见峡湾蓝色的浅滩，以及对面绿色和白色的海岸。

　　伊曼纽尔每天都站在窗前，向外凝视。他已经熟悉了眼前的每一幢房子、每一棵树和每一座山。他的眼睛做梦般地追随着窗外的景象——有时候，一群农民在雨夹雪的天气或者晴天里在潮湿的田间耕作；有时候，峡湾里渔民驾着船在海面穿梭；有时候，斯基博卢卜村的人们驾着车从镇上回来，沿着蜿蜒的马路急急忙忙地赶回家，在他眼前，每转一个弯，他们的身影就变得越来越小，直到最后，像一群小老鼠一样，在远处的土丘后消失了。夜晚，当太阳最后一束光线消失在西南面，他看到农舍中一盏盏灯亮起来，像夜空中点缀的星星。

独自一人的时候，他会想象自己变成了容易满足、辛苦操劳的农民；他痛恨自己一出生就属于的那个阶层，他想象自己是这些自由的大地的孩子中的一个，梦想自己能够像一个朋友和兄弟般和他们坦诚交流。

现在他明白自己错了。他看清了那条把他和大地的孩子们隔开的不可逾越的鸿沟。这些大地的孩子住在低矮的房子里，耕作，忙碌——而黑色土地神的模样没人见过：它的语言晦涩难懂，谁也无法明白它的想法、言语、梦想和悲伤。

土地神曾经是什么样子？难道人们不是已经遗忘那个充满魔力的神灵，它可以用火柱筑起山脉，给人们带来光明？

头顶上一阵轻快的欢唱把他从沉思中惊醒。

他抬起头。一只八哥！

真奇怪，他想——这一整天他都陷在沉思中，居然没有注意到阳光已经穿透了几个礼拜以来一直笼罩在大地上的层层寒雾。

他看了看四周——身边又传来一只八哥叽叽喳喳的叫声——然后又一只、第三只——整个花园看起来春意盎然！

他悲伤地笑了。想着整个冬天里他多少次盼望春天的到来——因为他有一种奇怪的信念：春天一到，一切都会走上正道；随着大地和峡湾解冻，他心中对春天的热爱也会喷薄而出。

他转过身，走回写字台，把父亲的来信仔细收进一个抽屉，双手抹过前额，插入发间，似乎要赶走沉重的思绪；换好衣服，拿起门边的帽子和雨伞，他离开了房间。

第四章

他走下阁楼咯吱作响的楼梯，穿过大厅，从旁边的一个大门出去，穿过花园，到了外边开阔的田间。

刚经过第一块大草坪，他听见有人在叫他，是拉格希尔德小姐的声音。

他有些苦恼，这个时候他想一个人待着，带着有些气恼的表情，他转过身，折回去。

拉格希尔德小姐从阳台那儿朝他走来——仍然穿着那件有长长紧身胸衣的礼服。她走下阳台台阶的时候，礼服的裙摆下露出一双尖尖的黑漆皮鞋，肩膀上是一条淡绿色的披肩，松松地在胸前打了个结；红褐色的头发上戴着一顶巨大的草帽，帽檐掀起来用一枚搭扣别住。

"在您走之前我能和您说几句话吗，韩斯特德先生？"她眼皮微微地颤动，仔细地盯着他，故作开心地问，"您介意陪我走到栗子街那儿去吗？我想看一看能不能找到一些紫罗兰。"

他们一起穿过花园。花园，和房子一样，也是那位"百万富翁牧师"的遗赠。它们和那些草坪、灌木丛、大的石质花瓶、长长的巷子、人工修建的水腊树篱笆一起，看起来更像一个贵族的领地，而不像一座平常的牧师宅邸。汤内森教区长很为它自豪，尽可能地保持它原来的富丽堂皇。花园的另一头，一条宽阔的沟渠把它隔开，沟渠上跨着一座中国式的木桥，雕着龙头，廊顶是竹子搭建的——拉格希尔德小姐和伊曼纽尔正走在桥上。

"嗯，"几分钟的沉默过后，伊曼纽尔问道，"请问您想对我说什么？"

她微微笑了笑。

"您这么好奇吗？"

"是的，没错，"他答道，极力模仿她欢快的语调，"而且我正急着出门！您瞧，我穿戴好了，正准备一次朝圣之旅。我要去我的希望之乡！"

"您的希望之乡？您指什么？"

"哦，我想我没指什么。"他突然又严肃起来，垂下头。

两人继续往前走，好几分钟谁也没说话。

她看了他好几眼，观察着他。他穿着长大衣走在她身边，两只手握着伞，背在身后，腰微微弯着，脚步有点儿慢吞吞的。

"您这个人真是忘恩负义！"她说，试着笑了笑，"我想给您做一次布道劝诫您。您没发现今天天空和大地都在对您微笑，所有上帝的鸟儿都在您头上竞相歌唱吗？您没看见今天我在赞美夏天吗？难道世界上现在什么也不能让您笑出来了吗？我可以跟您说，您让我有点儿恼火。我可以肯定，您从来也没有注意到我是怎么装饰我们的午餐桌的——就因为有一天您说更愿意在桌上看到一束花而不是一块牛肉。可是您知道吗？对我来说，一块牛肉肯定更受欢迎。"

他有些不好意思地笑了。"我知道，拉格希尔德小姐——我是一个很可恶的人。您想怎么责备我都行——我活该。但是您看着吧，我会改的。那次我只是在发孩子脾气，我希望——来一点儿老式的浪漫。您明白现在新派的人宣扬什么。他们说，我们坚持的做派早就过时了，已经被飞蛾啃光了，破破烂烂了——不是我父亲就是我母亲还守着这些老做法。"

"您的母亲——？"

"是的——我们换个话题吧！您没有忘记想对我说什么吧。我猜不是刚才那些话吧？"

他们已经走到一条长着栗子树的大路上，这条路将花园和田野隔开。阳光下，一群喜气洋洋、闪着金属光泽的八哥在树冠间飞来飞去；一阵暖风送来田野间新鲜泥土的芬芳。两棵树干间有一把圆木长椅，拉格希尔德小姐停在那儿，说：

"我们可以坐下来休息一会儿吗？这里太阳很暖和。"

她用披肩的流苏掸去椅子上的几片干落叶，在一端坐下。

伊曼纽尔站在她面前，挂着雨伞，没有要坐下来的意思。

她身子向前倾，双手叠放在腿上，盯着鞋尖，坐了一会儿。然后，没有抬头，说：

"您提到您母亲——我刚才在想——是我梦见过，还是您曾经告诉过我，当您很小的时候母亲就去世了。"

"我吗？"他吃了一惊，突然低头看了她一眼，"哦，那是我十五六岁的时候的事——但为什么您会问到这件事儿？"

"嗯，我不知道——"

"您最近和谁谈到过我母亲吗？"

"是的，今天爸爸和我谈到——我想爸爸曾经遇到过一个认识您母亲的人。"

副牧师的眼神变暗了。

"那么我猜您父亲也谈到了——我母亲是怎么去世的吧？"

"是的。"

他的脸上掠过一种痛楚的表情。他沉默了一会儿，有些艰难地低声说："我可怜的母亲是一个牺牲品，无论是对于她的时代，她的家庭，还是你我所属于的那个社会阶层，拉格希尔德小姐；从出生起，这个阶层就在我们的周围编织起这么一张大网，慢慢地夺去了那些没有勇气和力量挣脱束缚的人们的生命。"

她吃惊地抬起头看着他，说：

"您究竟想说什么——？"

"哦，我想说的是，如果我们坦诚，我们就必须承认我们或多或少都承受着沉重的压力，怀着对生活、厌世、孤单或不管我们称之为什么的现代病的憎恶，而这一切都是我们自认的优越文化带来的苦果。一些人足够坚强，虽然背负这样的重担但并没有被压垮；那些心碎的人也并不是最微不足道和脆弱的。您会看到，我们也许都会在这场战役中垮掉——尤其是我们中那些滑稽可笑的可怜人，他们出生在喧闹的城市里，在烟囱、电报线、铁路和有轨电车中长大——您认为我们能够延续多少代？——这是最令人绝望的，"他继续说着，又想起那些困扰着他的念头，他的声调变了，"您明白吗？拉格希尔德小姐，这一切多么颠倒：我的职责是教人们如何生存和死亡——而恰恰是我自己，才需要学习如何正确地生存——我要教导的会众，反倒是我要学习的榜样。他们不停地在地里耕作，开开心心，不抱怨，啃着干面包，躺在干草上美美地睡觉，难道我们不该真心地羡慕这些可怜的劳动者？他们身上不是有更多生活的智慧吗？我，一个堕落、畸形的文化的产物，却要给他们这些健全的——洁净无瑕的典范——做老师，这难道不是讽刺吗？我向您保证，拉格希尔德小姐，每一次迈进他们破旧低矮的房子，

我的心就因为对他们崇高的敬畏而激动。我觉得自己应该脱下鞋子——觉得自己正走进一个神圣的地方，在那里人类的情感依然美丽、高尚，未受玷污，依然还保持着上帝在创世之初赋予人类这些情感的最初模样。"

他又开始热情洋溢地赞美起乡间人们的生活，关于这个话题他和拉格希尔德小姐曾经在冬天里热烈地争论过。拉格希尔德小姐坦言她痛恨乡下的生活——在她看来，这是一种活埋；她也毫不掩饰地说自己看不起农民，觉得他们低人一等——是一种有时候卑躬屈膝，有时候篡位夺权，总是很难闻的，像人又像牲畜的生物，她希望和他们尽量少接触为妙。

这会儿，她也奋力地反驳伊曼纽尔的观点。斜靠着椅子上，她看着他，笑得无拘无束。

"如果这些农民，"她说，"真的对泥土和发霉的干草感到心满意足，对别的一点儿毫不期盼，那只能说明事实上他们和不会说话的牲口没有差别，比如猪。在他们的心里，只有一种情感，毫无疑问，那就是绝对的卑鄙自私。"

"但是我们俩讨论这个问题没有意义，"她开心地下了最后结论，"您被某个挖壕沟的疯子给咬了，已经无可救药了，我试图说服您是愚蠢的尝试。您的错误观念马上就会变成不争的事实。只管等着瞧吧！"

她笑了起来——她坐在那儿，穿着色泽鲜亮、做工考究的大衣，身材苗条，从她小小的黑漆皮鞋的鞋尖到巨大漂亮的草帽，每一处都透着自我克制，帽子在苍白的脸上投下阴影，上半边脸像戴了一层蕾丝面纱，嘴唇红润——让人忍不住怀疑她不是和那些她被迫一起生活的，穿着粗布衣服、身材笨重的田间劳作的人同属于一个物种——人类。

伊曼纽尔被她的话伤到了，做了一个动作似乎要离开。走前他再次转过身，对她说：

"我想知道您先前打算跟我说什么——您忘了您还有话没告诉我。"

拉格希尔德小姐的脸红了红。她只是想同他聊一聊，让他开心点儿，并没有什么特别的事。

她突然灵机一动：

"您瞧，韩斯特德先生——您可能知道，我们今天在牧师宅邸有一个小小的活动。"

"是的，有个消息灵通人士已经偷偷告诉过我了。"

"那么，如果您喜欢就来开心一下吧。在乡下一年到头也没什么有趣的事，这样的活动总算得上大事——而且，这也证明了我前面说的话。但点到为止吧——我敢说，您可以想象，对我的客人来说我可是一个最有魅力的女主人。来的人据我所知，有梅瑟斯·彼得·尼尔斯、尼尔斯·彼得森、彼得·尼尔森·彼得森、尼尔森·彼得森·尼尔森——哦，您不要这样震惊地皱着眉头，我一点儿也不反对这些个好人。我只是受不了他们在我美丽的地毯上吐痰——是的，上一次有个人就这么干了。也许这是您前面大加赞赏的那些感情的本能体现，但我宁愿他们没有这些本能表现——现在，我想请您，韩斯特德先生，今晚尽量亲切地对待我们的客人。如果我有什么事——比如头疼病犯了——您一定要代表我殷勤地款待那些夫人。"

"正如您所知，您可以对我发号施令，"伊曼纽尔讽刺地举起帽子，礼貌地欠了欠身，"请问还有别的什么能为您效劳的吗，拉格希尔德小姐？"

"是的，请您一定帮个忙，这次务必守时。我相信爸爸一定会很不耐烦，如果大家都得等您。您最好提前半小时到，这样您就能帮助我安排一切就位。"

"我会尽量早到的，但现在您一定要允许我离开了。而且，我看见您父亲正急匆匆地朝我们这边走来。您可以确信一定是沙拉出了什么问题。我现在得荣幸地离开您了。"

汤内森教区长确实出现在花园的那头，手抄在身后——很明显正在准备一个发言。当他看见椅子边的这对年轻人，立刻转过身，穿过花园，往相反的方向走去了。

第五章

　　拉格希尔德小姐双手放在腿上，若有所思地看着前方，在长椅上又坐了一会儿，然后站起身缓缓地朝牧师宅邸走去。半路上她遇见了老女佣，后者正为这一天的忙乱而不安，对她这么久消失不见很不高兴；她有一大堆问题要问她：食物如何准备，餐桌怎么布置。拉格希尔德小姐清楚明了地给她做了吩咐，随后走进会客室，顺手从书橱里拿了一本英语小说，坐在了窗前。

　　读了大约一刻钟，她看了看角落里的钟。现在是下午三点。她放下书，站起身，在房间里四处走动，停下来看了看那只鹦鹉，它在笼子里睡着了；最后，她在那架大钢琴边坐下，开始弹奏一首肖邦的序曲。

　　她又看了一眼钟，三点十分。

　　她又弹了几下琴键，突然停下来，站起身，从笨重的圆形桃花心木桌上拿起一份报纸，在窗边再次坐下。膝盖上搁着那份没打开的报纸，她坐在那儿，下巴托在苗条白皙的手上，目光缓缓扫过空荡荡的大院子、带茅草篷的马厩——直到时钟终于敲响了三点半，她起身去房间里换衣服。

客人们预计六点到，因为这样的社交聚会通常都省略掉一般的晚餐，所以有足够的时间梳洗打扮。

即便在平时，对于拉格希尔德小姐来说，梳洗换装也是她一天中的大事之一。晚餐前她通常要在自己装饰极为奢华、总是散发着紫罗兰淡淡芳香的卧室里待上两小时。

她的乐趣之一就是站在长长的穿衣镜前，欣赏自己换上一件又一件衣服；她很喜欢自己优美的脖颈、圆润的肩膀、蓬松的秀发，她会试着换一种头发的编法，或者换一种衣服搭配——这一切都不是出于虚荣或者爱炫耀——在这个乡下她能炫耀给谁看？——只是因为这样做能让她渴盼美丽、雅致、和谐的心灵获得片刻的满足。

而且，除了这个她还能做什么？——每天早晨弹琴——这是她最快乐的时光。但是医生严格禁止她一天弹琴超过三小时。花两小时阅读——她偏好外语类的书——如果需要她还可以干些家务打发掉两小时，虽然她的帮手足够多。还剩下无聊的八个小时——她该怎么打发掉？散步？但长达八个月的冬天里，田野和马路都没法行走，到处是泥泞的沼泽，牧师宅邸旁厚厚的积雪像难以穿越的围墙。即使到了夏天，宽阔寂静的马路、光秃秃、单调的石堤坝、一成不变的灰色或者蓝色的峡湾，都让她情绪低落。围绕着她的死气沉沉的荒凉让她觉得很恐怖。

而活的东西比那些没有生命的更糟糕。最糟糕的就是，穿过村子的时候，她知道会在哪儿遇到谁、他们是干什么的；在村子里，她不得不答复农民冒失的问候，与衣服暴露的村妇们聊起天气、收成的前景或者晚上的霜冻。所以她通常只走那条从牧师宅邸通往沙堤的偏僻小路。日落之前她会在那里走上一小会儿，直到一群从田里归来的农民的说话声，或者刚刚施过肥的一块地那呛人的味道把她赶回家。

她在这种孤单里已经生活了八年。她出生在加特兰德的一个小镇上，父亲那时候是助理校长。从十五岁时母亲去世，到她举行坚信礼，她一直和哥本哈根的姑姑们生活在一起，在一所贵族女子学校完成了教育。

十六岁那年底她才来到现在这个稳定的住所。

刚来的时候，她年轻的心里充满了欢快的希望。从小说、戏剧中她懂得乡间牧师宅邸中的女儿们总是被视作丹麦女性气质的化身，诗人们歌颂她们的魅力，年轻的男子爱慕她们的才华。她也完全意识到自己的优点——白皙的皮肤、波浪般起伏的红褐色头发，即使还在念书的时候，已经在加特兰德她家乡的小镇上颇引人注目。所以，每天她静静地四处闲逛，怀着甜蜜的期望，准备接受她理应赢得的敬意。

她清楚地记得，那时候她每天到花园里散步，长长的辫子垂在身后，戴着小小的浅色分指手套，胸前别着一朵新鲜的玫瑰。

有时候她会坐在树荫下憧憬着，大树发出轻轻的叹息；有时候，她会爬上田边的堤坝，手搭凉篷，眺望着阳光照耀下的乡村美景——似乎每一天她都真的盼望有两个闲逛的"学生"①出现在地平线上。她在脑海中想象他们的模样——满面旅尘、晒得黑黑的——他们从花园的大门偷偷往里瞧，她的父亲会从门廊出现，邀请他们进去，开始他们会害羞，但渐渐地变得活泼、坦率起来，然后在花园中沐浴着月光唱起贝尔曼②的歌曲，最后，他们中的一个——不是那个快活有趣的，而是那个有一双黝黑眼睛的——会在告别的时候，握紧她的手，结结巴巴、激动地说别忘了他之类的话。来年他拿到了学位，又来看她，诚恳地请求她父亲把她嫁给他。

但是没有游客来到乡下这个荒凉的角落，一个又一个夏天过去了，看不到一点儿浪漫插曲的迹象。当她回顾年轻时候的梦想，汤内森教区长总是置之一笑。那些挺着啤酒肚的胖乡绅的儿子们的追求总是让她很烦恼，他们显然无法理解——尤其

---

① 这里指的是约翰·路德维希·海伯格（1791—1860）的歌舞杂耍剧《一次徒步旅行冒险》，曾在丹麦多次演出，主人公是两个学生。
② 查尔斯·迈克尔·贝尔曼（1741—1795）的《瑞典学生之歌》的歌曲。

是现在她已经不再是一个不谙世事的小姑娘——她毫不感激地拒绝他们的求婚。除了这些，她陪在父亲身边的日子没有什么有趣的事情发生，岁月悄悄地流逝。有时候，当她回想过去，很难相信自己只有二十四岁，还正处于鲜花盛开的年龄。她觉得自己已经开始变老了。简单地说，生活中除了音乐，没有任何能满足她的期待。即使一年一度拜访哥本哈根——来到乡下的最初几年，哥本哈根之行对她就像是长达三个礼拜的游园会，她总是几个月之前就开始高高兴兴地准备——也无法带给她任何真正的快乐了。过了一段时间后，城市生活在她眼里变得很陌生，老朋友和相识都各自分散，姑姑们也相继去世了——这样一来，她的家庭生活似乎更加空虚了，周围沉默、冷酷、乏味的大自然更显得倍加凄凉。

　　所以，当她的父亲决定请一位副牧师的时候，她一点也不高兴。她不想有人打扰她梦幻般的状态，如今，她一天天陷入其中了。而且，她觉察到，早在副牧师到来之前，人们就开始把他们两个人的名字联系在了一起，这使她对他更不开心：在这种情况下，他们俩一开始的关系即使不说紧张，也是相当冷漠的。但是当她发现这个新来的房客和她一样不想被人打扰，他每天出现在房子里也变得比较容易接受了。与此同时，她发现他对音乐很有品位，而且在他父亲的家里他曾经结识过几位最知名的音乐家，关于他们的故事总让她很开心，他慢慢地唤起了她的兴趣。伊曼纽尔也急需一个可以谈话的人，一个可以信赖的朋友，于是，渐渐地，他们之间萌生了一种无拘无束、比较亲密的关系，而且谁也没有意识到，这种关系引起了教区长的注意和思考。

然而，当教区长和别的人鉴于他们的关系正为两个年轻人计划着将来的时候，他们的关系却因为一种完全的误会而停滞不前。虽然两个人当中，拉格希尔德小姐事实上年龄小一些，她却认为自己无论是年龄还是阅历方面都长于副牧师。她认为他是一个为人正直、热心但有些奇怪的人，因为家庭不幸的遭遇而希望在一群陌生人当中寻找新世界。即便是他的名字，伊曼纽尔，从一开始就为他的性格定下了一抹滑稽的调子。他的年轻和无助激起了她身上母爱的本能，整个冬天他变得越沮丧和沉默，她就越能明白他所遭受的失望，也越觉得有必要赢得他的信任，这样就可以尽量地让他开心一点儿，分散一点儿他的注意力。

从最开始，两个人之间就没有一点儿爱的迹象——这一点双方都确定无疑。

第六章

伊曼纽尔从花园尽头正对着开阔田野的大门走出去。在那儿，他发现自己正站在这个区的地势最高点，"牧师宅邸山"上，从山顶望出去，整个美景尽收眼底。每一个方向看去，阳光下，只见淡绿色的黑麦在犁过的深色田野中闪闪发光；沼泽地上飘荡着淡蓝色的薄雾，沟渠和池塘冒着轻烟，整个大地笼罩在收获的气氛中，初春的空气有阳光暖暖的味道，鸟儿婉转鸣唱，一切都预示着欢乐的夏天随时将会降临。伊曼纽尔折上了一条路，这条路一端连着牧师宅邸，穿过几片偏僻的田地，直通向峡湾。拉格希尔德小姐日落前匆匆散步的路也正是这条。他没有想到这一点，他最喜欢这条路也不是因为拉格希尔德小姐。如果他们都喜欢这条路，那倒是因为同样的原因，在这条路上他们最不会受到打扰。孤独的时候他们总是无意识地寻找更孤单的角落，在这些遥远的地方，只能偶尔看见一座农舍或者一个孤零零的农民在耕作。

冬天里，伊曼纽尔每天都来这里，他穿着长大衣，带着从不离身的伙伴——那把黑色的丝质雨伞，它就像一位值得信赖的亲密朋友。他总是毫无缘由地在这些山间和人迹罕至的岸边

大地的孩子

一走就是半天；通过与大自然的亲密交流他最终弥补了缺少人际交往的损失。这儿的一切对他都始终是那么新鲜和美妙。他从来没有想到过会有什么这么令他陶醉，比如，冬日里天空中缓缓飘过的灰色的乌云；日暮时分，听着乌鸦掠过田野返巢时嘈杂的鸣叫，那么令人心醉神迷。

二月初的一天，他的心欢呼雀跃：在沟渠里他发现了第一簇浅色的嫩芽——还有第一只云雀。他永远不会忘记那一刻，田野里一片寂静，突然他听到一只云雀——夏日忠诚的信使——缥缈的啁啾声，尽管四周的一切都还在冬天的掌控之中。

这一次，他下到了海边，他总喜欢在这里站一会儿，看着海鸥安静忙碌地飞来飞去，似乎在守护着什么秘密。但今天沙滩上空空荡荡。温暖的草地的气息把鸟儿赶到峡湾和大海上去了。他沿着海边继续向前走，陶醉地眺望峡湾巨大的蓝色浅滩，峡湾里遥远的渔村和对岸绿树葱茏的斜坡都看得清清楚楚。

最后，他爬上南面的一个小山丘，从那里可以看见乡间开阔的美景。他的脚下是三个光秃秃的土丘环绕的斯基博卢卜村。

这个村子总是让他很着迷。相比韦尔比村他每天见到的那些崭新的、中规中矩的农庄，这儿在他看来更具田园风情：密密麻麻的小农舍，宽阔的池塘，还有蜿蜒曲折的小路。他想到

反教会运动的指挥部正位于这个村子，不禁感到加倍地难过。他的眼睛突然落在村子中央一幢低矮、残破的建筑上，茅草屋顶上挂着一面"丹内布罗格"旗（丹麦国旗）[1]，正在迎风飘展，心里不由得一阵剧痛。他猜那应该就是"会议厅"，在那儿织工汉森发起了愤怒的反对教会的战争。

在村子的一端，有一栋孤零零的小屋，谷仓冲洗成了黄色。伊曼纽尔一眼就认出来这是那个冬夜他乘坐雪橇去给房东女儿主持圣礼的人家。那以后他经常想起这个夜晚，在一群陌生人之中，他以这么奇怪的方式第一次主持了宗教仪式。虽然他一直打算再次拜访他们，问候他们的女儿，但是始终没有鼓起勇气去和这个村的人打交道。他天性害羞，第一次布道之后，人们立刻表露无遗的敌意使他自此以后避免一切人际间的亲密接触。

但是今天，阳光和春日的空气似乎重新赋予了他勇气，他毅然决定去拜访他们。他对自己说不能一直这样生活下去了，必须做出一个决断。在这一刻他重新恢复了力量，觉得再也不能拖延对自己的定位，而必须采取果断的措施去发现到底是什

---

[1] 据说一二一九年，当安德里亚·苏内森，伦德的红衣主教，率领瓦尔德马二世的基督教军队与异教徒爱沙尼亚人开战时，应他的祈祷，这面丹麦旗从天而降。

么原因使人们突然对他产生了敌意。

他扣好大衣的纽扣，掸了掸灰，戴上手套，迈着坚定的脚步朝村子走去。

第七章

这是伊曼纽尔第一次没有穿正式的带环状领的牧师服出现在斯基博卢卜村。所以，他的出现引起了整个村子的注意。到处是走出家门呼吸春天空气和休息的村民；即使是跛脚的老人，也从烟囱旁的角落里蹒跚地走到门口的台阶上坐下，晒着太阳。男人和女人们忙着在农舍的花园里挖着、弄着，光着头的孩子们四处奔跑玩耍。不管是男人还是女人，没有几个给年轻的牧师打招呼，虽然他们都从正干着的活中抬起头，目光追随着他。一些青年男子挨着女孩斜靠在篱笆上，还有一些站在门口抽着长烟袋，晒着暖洋洋的太阳，在他经过的时候，脸上露出轻慢的笑容，低声窃窃私语。

一幢低矮的房子门口站着一个穿蓝色条纹长袖衫的男人，手里抱着一个孩子。正是伊曼纽尔去探访生病女孩的那个雪夜发表了一番简短热情欢迎辞的那个留着黑胡须的大个子扫雪人。伊曼纽尔经过的时候，他只是笑了笑，露出了一口白牙；突然，怀里的孩子哭了起来，他一边用手指刮着她的鼻子，一边大声地说："没什么好怕的，我的小姑娘！只是我们尊敬的年轻牧师！"

虽然伊曼纽尔已经习惯并学会了容忍人们对他的无理行为，虽然他说服自己相信教区居民和他之间的不和主要是因为他缺乏主动，但他还是常常忍不住怒火中烧，尤其是那些年轻人的所作所为。今天，他发现也很难保持自己的镇定，一路上他压抑着自己，直到他走到村子南端的安德斯·约尔根的小农庄。他心情有些激动地穿过低矮的大门，认出了那盏灯笼，依然挂在门梁下面线的顶端慢慢地转着圈。他在院子里停下来看了看四周。一个人影也没有，听不见一点声响。他走进住人的房子，穿过走廊，敲了两下左边的门，但没有人来开门。

犹豫了片刻，他打开门，走进了宽阔、低矮的客厅，里面摆放着一些式样古老的家具，那个夜晚曾经引起过他的注意。房间里没有人。隔壁的几间房间里也听不到什么声音，只除了耳房女孩的卧室里那架高高的落地钟发出的嘀嗒声。这下子他不知道该怎么办了。他又敲了这个屋子里所有房间的门，但都没有人出现。这房子好像被遗弃了。站在房间的中央，他陷入了沉思，眼睛在房间里四处打量。他认出了小小的有很多扇玻璃的窗户下立着那张笨重的橡木桌，旁边是几根长凳，大大的方形壁炉，深色的泥土地面，散落着一些沙子，旁边是纺纱的轮子，房间一角的凹陷处放着一张床，垂着蓝色条纹的窗帘。一排闪闪发亮的银锡盘子摆在高高的架子上，壁炉边那张旧扶手椅后面的墙上，挂着一个装饰用的草编十字，一束甜香草，两幅镶了镜框的刺绣，上面的日期是一七九八年。一切都显得井井有条、干净整洁。这个小小的明亮的农舍里有一种简单、欢快、礼拜日的舒适氛围，让伊曼纽尔为之着迷。他不由自主地将这间朴素的房子和父亲极度奢华的房子进行对比，那里所有现代城市人的奢侈装饰一应俱全：厚厚的地毯、天鹅绒的室内装饰、厚重的窗帘、异国情调的植物，到处充斥着上流社会颓废堕落的品位。在窗户中间的墙上他发现了一些朴素的著名人物的木版画，有特奇宁①、格兰德维格、蒙拉德②和别的一些他知道的人。正中间的地方挂着一幅稍大一些的木版画，是弗雷德里克七世签署大宪法的场面。伊曼纽尔记得母亲的房中也有一张同样的画——多年后在这样的环境中再见到它令他有一种奇怪的感动。

　　这时院子里响起的脚步声打断了他的观察。一个穿着上衣抵肩、挑着牛奶桶的年轻姑娘从马厩间的小门走进来，后面跟着那个冬夜赶雪橇的浅白色头发的小伙子。姑娘身上穿着她最好的礼拜日礼服——一件樱桃红的长裙，胸口和袖子上坠着流

---

① 　一八四八年丹麦的国防大臣。

② 　一八四八年制定了丹麦大宪法的著名"三月政府"中的祭仪大臣，是拉兰德主教和佛尔斯特主教之后继任的主教大人，也是本故事中的"主教"本人。

苏。她把前面的裙摆别在腰带上，头上裹着一条手帕，圆圆的脸蛋因此看起来更圆了，还泛着玫瑰般的红晕。一只四脚雪白的猫弓起背，绕着牛奶桶"喵喵"叫，一会儿盯着年轻的姑娘，一会儿盯着小伙子手中抱着的两只小猫。纵身一跳，它越过半个院子，落到空空的狗窝前一块中空的石头旁，显然那是用来给它装牛奶的。但是姑娘迷迷糊糊地继续走着，似乎今天把它给忘了，那只猫跳向她，用爪子挠了挠她的裙边。然后她有点儿严肃地笑了，转身往那个石坑里倒了一些仍然冒着热气的牛奶。但现在，母猫的折磨开始了：小伙子并没有放下两只小猫，反而一边把它们高高举过头顶，一边用脚阻挡发怒的母猫爬到他身上，母猫凄惨地看着年轻姑娘，似乎习惯了向她寻求保护。姑娘一边为可怜的母猫求情，一边忍不住微笑起来，但小伙子仍不肯放下他的战利品，继续在院子里跳来跳去，母猫紧追着他不放。

伊曼纽尔站在窗前静静地观看着这一幕。目光尤其关注那个年轻姑娘，他一眼就认出来她是这家的女儿。他的印象里她似乎更高更漂亮一些，但是她娇小苗条而又灵巧的身上有一种特别的真诚，洋溢着鲜花般盛开的青春气息，弥补了容貌和个头上的不足，让他很难将眼睛从她身上移开。

那个男孩还在逗着母猫，伊曼纽尔觉得应该告诉他们自己在这儿。他从进来的门走出去，来到门口的石板那儿。

　　看见他，姐弟俩都吃了一惊，叫出声来。年轻的姑娘满面通红，急忙放下挽起来的裙摆，一把扯下头上挤牛奶时裹上的手帕；弟弟慌慌张张地扔下小猫，一闪身从最近的谷仓门口溜了。

　　伊曼纽尔走下台阶，和姑娘打招呼。

　　"上帝保佑，别让我打扰您，"他说道，抬了抬他的棕色长毛绒帽向她致意，"我正好经过，进来问候您一下。和上次相比，您看起来已经恢复得很好了。"

　　"谢谢您。"她低声答道，忧郁不安地瞟了一眼身后，好像在寻求帮助。

　　这时候，马厩的门开了，老安德斯·约尔根走了出来，脚上蹬着重重的包金属头的木鞋，手里拿着一个马笼头。上身是一件黑白法兰绒衬衣，一顶带流苏的皮帽扣在他粗硬的灰色头发上。他嘴里正哼着一支欢快的曲子，突然不太灵光的眼睛认出了伊曼纽尔，顿时也惊呆了，猛地扔掉手中的马笼头，好像正在干坏事的时候被抓了个现形。

　　伊曼纽尔走向他，友好地伸出了手。老人还没有从慌乱中回过神，结结巴巴胡乱解释着他这一身"工作日的打扮"。

　　"哦，别在意这个！俗话说得好：'干活的人不会为他的工具害臊。'"看到他们尴尬的样子，伊曼纽尔更放松了。

　　"一切都好吗，安德斯·约尔根？好久不见了。"

"谢谢——谢谢您。还是老样子，您瞅瞅，不管工作日还是礼拜日都得照看牲口，"老人继续解释道，"两头母牛刚生了牛犊子，一头母牛受了寒——没法不看着点儿。"

"当然——别自责了！"伊曼纽尔笑了，"我刚好经过，想着我应该来看看你怎么样了。我看见你的女儿——她的名字是不是叫汉茜娜？"

"没错，神父。"

"我看她恢复得差不多了。希望她已经完全好了。"

"谢谢您，先生。我想她又精神十足了，感谢上帝；如果您想的话，进屋坐一会儿吧。我家老婆子马上就回来了，她上大农场看一个女人去了。"

他们一起穿过院子走进房间，灿烂的阳光透过窗户，在桌子和散落着沙粒的地上投下一个金色的方块。安德斯·约尔根让伊曼纽尔在壁炉边被视为尊贵位置的旧扶手椅上坐下，而他自己穿着白色的长筒袜，坐在墙角的一张木椅子边上。两只手掌心向上庄重地搁在腿上，像他在教堂里听布道时的样子，一动不动，脸上带着不安的表情仔细听着外面的每一个动静。显然是盼望他的妻子回来好解救他目前的痛苦处境。

伊曼纽尔恰恰相反，在这个农民的家里感到越来越自在。他马上找到了一个话题，和老人聊起了今年春天的好天气，无拘无束得让他自己都暗自吃惊。他说今年上帝在保佑农民们的收成，他们应该感到开心和感激。对于安德斯·约尔根忐忑不安的表现他并不在意。另一方面，聊天的时候，他不时地看一眼房主人的女儿。她也进了房间，坐在窗边绣着什么。阳光照着她坐得笔直的小小身体上，在她深棕色的辫子上反射着暖暖的微光。她已经收拾过了，戴了一个宽宽的钩型围领，尖角从肩上披下来，又用水把头发梳理了一下，编成发辫盘在头上。她进门的时候动作有些僵硬，脸上带着一种挑衅的神情，似乎要保护自己避免再次陷入初见副牧师时的慌乱状态。她坐在这间屋子离伊曼纽尔最远的那张长凳上，从坐下的那一刻起，她就埋着头，半转过身，似乎想要让自己完全不被人注意；事实上，她坐的位置和红红的脸颊都清清楚楚地表明，她在专心致志、一字不拉地听着副牧师讲的每一句话。

伊曼纽尔并没有意识到他偶尔停留在姑娘身上的目光相当随意和直接。他很高兴终于有了一些听众，因此渐渐地忘了害羞。突然，院子的石板上传来一阵脚步声。安德斯·约尔根欣慰地呼了口气，在椅上动了动，年轻的姑娘迅速地瞧了一眼窗外看是谁来了。但她的脸色突然变了，吃惊地，几乎是害怕地看了她父亲一眼。

下一刻门上响起了三声小心翼翼的敲门声。

第八章

进来的是一位个子高高瘦瘦、有些驼背的男人，长着一张奇特的猫脸，正是早上伊曼纽尔布道的听众中引人注目的那一位。他在门边站了一会儿，看了看四周，歪着细长的嘴角笑了笑。然后慢吞吞地说了声"日安"，走上前和他们握手。

老安德斯·约尔根猛地站起身，惊得脸色惨白，他用困惑、恳求的眼神看着这个陌生人，而后者故意视而不见。陌生人的整个举止让伊曼纽尔异常不快。他记得在教堂曾经见过几次这张脸，那时候他也极为反感。当陌生人转向他，藏在红肿的眼皮下的眼睛盯着他，介绍起自己的时候，伊曼纽尔心中的不快丝毫没有减轻。

"我是织工汉森。"

伊曼纽尔差一点儿失去了镇定。他觉得自己浑身上下着了火一般。

他强忍怒火，冷淡地回应了那个男人的问候，然后继续和安德斯·约尔根聊着天。过了一会儿，织工汉森的在场让伊曼纽尔不知不觉换了种牧师高贵庄重的神气，就像汤内森教区长常摆出的那样。

同时，织工汉森似乎并没有恶意。他坐在桌子旁的长凳上，身子向前倾，手肘抵着膝盖，两只红红的大手掩在嘴上，似乎加入他们是为了做一个专心的听众。但没多久，他的脸开始颤搐、做出各种怪样，他先是清清嗓子，然后故意地用力咳嗽，笑着四处张望，目光扫过壁龛，又看着汉茜娜坐着的窗户那儿；汉茜娜的脸越来越红，紧张得胸口怦怦直跳，头一直低着，不敢抬起眼睛。伊曼纽尔的脸越来越苍白。先前村里的年轻人挑起的怒火他一直在心里压着，可是这会儿在胸膛里又开始熊熊燃烧，他讲话不由得结结巴巴起来。尽管如此，他还是尽力控制着自己的愤怒，但是当织工汉森用手掩着嘴，开始嘀嘀咕咕，低声讽刺他的谈话时，他的耐心耗尽了。血气方刚的牧师心头十分不快，他猛地转向织工喊道：

"我不知道你是不是故意要把我从这间屋子里弄出去，但是我告诉你，你不会得逞的，我也不会忍受你的捣乱。"

安德斯·约尔根惊慌失措地从壁龛那儿的椅子上站起来，想做和事佬，但伊曼纽尔的火气上来了，很难让他平静下来。"我听说过你，织工汉森，"他气得嘴唇发抖，"汤内森教区长跟我讲过你很多事，我警告你最好小心一点儿。不管是教区长还是我都不会容忍你在教区会众中挑拨离间。至于我，我警告你我的忍耐是有限度的，我不会容忍你继续阻挠我实施我的教区职责。我知道我已经尽我所能地和会众友好相处，尽力赢得教会和会众双方的信任，解决他们之间的矛盾。但是如果你决意要挑起战争——那么，好的，我会积极应战！看看我们谁最强！"

他的话说完，房子里一片死寂。织工也抱着头坐在那儿，好像挨了一击。但立刻，他皱缩的脸上又闪过同样扭曲、让人恼火的讥笑表情。似乎这位年轻牧师的愤怒让他很开心。

沉默了一会儿，他慢吞吞镇定地说——

"你误会我了，先生，我敢肯定。你说你知道我，知道我是一个胆大妄为的坏蛋，你听教区长这么说的，所以觉得这一定是有根据的。教区长总是诅咒我下地狱，他心里肯定真的这么想。但是你很清楚，先生，教区长说的并不总是事实，或许我并不像教区长说的那么坏。我不否认，到目前为止，我来这里是想和你聊一聊，在这间屋里，因为我一直想要拜访你。我们似乎有好几件事可以好好谈一谈。当我听说你来安德斯·约尔根家了，我突然想最好别错过这个机会。"

"我肯定我们之间没什么好谈的。"伊曼纽尔立刻大声答道，声音因为愤怒仍然在发抖。

"好吧，好吧，也许没有，"织工冷静地说，但嗓音变了，有那么一会儿他没有笑，仔细地盯着副牧师，似乎在考验他，

"我相信您同样也误会了我们斯基博卢卜村的居民。我们看问题有自己的方式。我们讲每一件事都是直来直去，也是因为这个今天您对我很恼火，先生。我能说的是，我最不想做的事情，就是冒犯您。"

"如果是这样，那我不明白你刚才的举动是什么意思。"伊曼纽尔依然疏远地答道，这时候他已经平静下来，有些为刚才的发火感到难为情。

"不，就是这个，先生。就是因为这个，您不明白我们。我们看见是怎么一回事儿，也真心为这一切抱歉，所以我们想最好和您谈一谈。"

他说这些话时突如其来的严肃，以及他代表会众们讲这通话时表现出的不张扬的自信，让伊曼纽尔犹豫了。他没有把握地看了织工汉森一眼，说：

"如果你真的有什么话想对我说，我当然洗耳恭听，不过我似乎觉得今天不是个好时机。"

"现在瞧一瞧，我不是说过吗？我们斯基博卢卜村的人们像烟囱里的老鼠一样胆小！尽管如此，您一定要让我告诉您，我们听说您要来这儿当副牧师，所有的人都有些兴奋，没错。您瞧，我们从来没有忘记过曾经来这里，像圣母玛利亚一样和我们做朋友的那位夫人；瞧，对她的回忆藏在我们心里，是我们最美好纯真的回忆。"

"我不明白你在说谁。"伊曼纽尔说道，吃惊地看着他。

"我在说谁？"织工瞪着他，似乎要用他目光的力量把伊曼纽尔钉在椅子上，"瞧，在所有和您最亲近的人当中，早就解脱所有的悲伤和苦难的，除了她，我还能指谁，韩斯特德牧师——您的母亲。"

伊曼纽尔吃了一惊，他听错了吗？

"我母亲？"他低声喊道，眼睛不由自主地看向窗户中间挂的那些木版画。

"是啊，那当然是在生您之前，她成为了我们的朋友，这一点我们永远不会忘记，我们也有证据，即使她成为您父亲的妻子之后，她也没有完全忘记我们。所以，我猜您一定能明白，先生，当我们听说韩斯特德夫人的儿子要来当我们的副牧师，我们有多么开心和自豪。我们想那一定会是一位和我们心贴心的牧师。我们这儿也确实需要这样一位牧师；是的，我们非常需要您，韩斯特德牧师。"

伊曼纽尔还没从惊讶中回过神来，一天中两次听人提起他的母亲，而且，这一次，他母亲被当作一位永生难忘的女性保护人——在他父亲的家中关于母亲的记忆已经完全被抹去了，她的自杀令备受尊敬的韩斯特德家族蒙羞，在那儿，人们在私底下提到她的名字时总是很焦虑，唯恐唤起难堪的回忆。

"但是现在，您一定要给我机会让我告诉您，先生，"他坚定地看着年轻的牧师，"您要允许我诚实地跟您说，韩斯特德牧师，在您身上我们确实还没有看到我们所期望的，我敢说，您也察觉到了这一点。比如说，您的布道——别生气，"他假装焦虑地停下来，说最后几个字的时候，他看到副牧师的脸上掠过一片不快的乌云，"无论如何您不会在意我这么说，虽然我们很高兴您没有像别人那样把我们当一群傻瓜，而且我们看得出您的布道经过了仔细思考，娓娓道来，充满诗意，您可以说它很成功，但在我们眼里，其实和从前听的那些布道没有什么差别。从前的好牧师都和我们讲些什么？无非就是我们农民应该保持美德、顺从，不偷不抢，遇到伤心的事就祈求上帝，相信上帝的荣耀，等等。但我们心里都明白，哪怕每个礼拜日我们都来听优美的教义问答，我们也不会变成更好的人！不，如果一个像您这样的人，韩斯特德牧师，能够告诉我们一些您的事情，而不是关于我们的事，因为关于农民自己我们比您要清楚得多；不，我们想知道的是真正关于您自己的一些事，您通过读书和受的教育对基督教、对人们生活的看法，那样的话，我们就能学到一些东西，这也是我们想要的，我们想知道别人在不同的条件下是怎么想的、怎么过的。您瞧，这才是我们希望牧师为我们做的。我不知道您听明白了没有，先生。我只是一个粗人，从来没学过怎么做一名牧师或者哪怕是教堂执事，所以我不懂该怎样讲话。"

伊曼纽尔一直没有打断他。他觉得很丢脸，不得不听这么一番高谈阔论，尤其是当着别人的面。但他说不出一个字来阻止，因为在内心深处他不得不承认织工汉森是对的。是的，他说出的正是最近让伊曼纽尔极为困扰的一些想法。织工汉森讲完了，伊曼纽尔意识到大家正期待地盯着他，急忙打起精神答道：

"也许我还没有像你所期望那样的完全明白你的意思，而且，你的一些观点我可能也不能完全赞同。但是我感谢你能对我坦诚以待。在这样相互坦诚的基础上我们之间才有可能进一步相互理解。"

"是的，我们也这么想，"织工迫切地说，"也是因为这个我们觉得不如和您直截了当地说清楚更好。到现在，我们只在教堂里见过您——我不否认有几次您在教堂的布道我们也喜欢——但是我们想和您再更进一步；我们乡下人好奇心重，想多了解了解我们的牧师，这样我们不管有什么苦恼或者想法，都可以自在地去找他们。我们农民一年到头都干着同样的活，很需要有人能给我们讲一些教堂布道时听不到的消息，教我们一些别的知识。但这一点我们的好牧师们从来都不明白，这也是我们总是关系很糟糕的原因。”

“您瞧，比如说，我们斯基博卢卜村这儿有一个会议厅，我们都这么叫它。我敢打赌您听说过，先生，也知道那是个'贼窝子'，教区长一直管它这么叫。但其实，我们别的啥也没干，就是大家友好地聚一聚，聊聊我们的想法，或者大声地读些书，不是宗教的就是我们所说的'给老百姓读的文章'。我们觉得比起整个冬天躺在长凳上打呼噜，或者赌博啥的——教区长说人们从前经常这么干，不如听人读点儿好文章打发时间更好。但您也不难明白，我们农民聊天吧，总聊不到点子上，但是，如果像您，韩斯特德牧师这样的人能来给我们随随便便聊一聊，讲一讲不管您喜欢的什么，那就不一样了；那会让我们真的很开心，为了这我们也得感谢您。那样的话，您和您母亲可就一模一样了，尤其是您说话的样子，我记得见过她一次，那还是很多年前在桑丁基的一次互助会上。所以我向您保证，如果哪一天我们知道副牧师会来我们的会议厅，大家一定会高兴坏的，因为那样的话我们就知道终于找到了这么久以来真心盼望的那个人啦。我就想和您说这些，先生，如果我说话太随便，您一定不要生气。我向您保证我的本意是为了大家好。”

伊曼纽尔依然没有说话。

织工汉森的话让他奇怪地头晕目眩，它们突然在他眼前勾画出一幅灿烂的远景，长久以来他一直期盼的图景。他突然不知道该相信什么。眼前这个人——他听了这么多关于这个人的恶行——真的是一个朋友吗？还是这一切都是一个引诱他上当的狡猾的圈套？安德斯·约尔根和他的女儿呢？他们私底下是不是和织工汉森一伙的？他无意中瞥到年轻的姑娘紧张又期待的表情，她坐在角落里，忙着手头的活，抬着头看着他，似乎这样紧盯着他，她就能套出他嘴里的答案。他没有回答，而是站起身，他觉得自己已经说不清楚心中的想法，也害怕在这些陌生人面前失去自控力。他抱歉地说今天的时间不允许他继续讨论下去，说完拿起帽子准备离开。他和在场的人握手告别，大家都没有说话，他走出门时也没有人陪伴他。

第九章

　　伊曼纽尔快步地离开了农庄。为了避免再次穿过村子，他沿着最近的一道山坡回到海边。呼吸着新鲜的空气，他恢复了镇定。在那个农民狭小的房间坐了这么久，空气又不流通，他的头刚才一直昏昏沉沉的。

　　现在他处在一种奇怪的状态，有些欣慰又有些沮丧。

　　他高兴自己结识了臭名昭著、让人害怕的织工汉森；他明白这次谈话对他将来的教区工作意义重大，这一点让他欣喜。但同时也很羞愧自己没有勇气对他开诚布公。是什么原因让他怀疑他？确实根据传言他这人名声很坏——但是关于织工汉森的传言都是汤内森教区长告诉他的，而在这个话题上教区长从来算不上公正无私。但他有什么权利会认为织工汉森的坦诚背后有一个隐藏的阴谋呢？

　　他在脑子里把整个谈话又回忆了一遍。在回忆的过程中，织工汉森提到的关于他母亲的一些奇怪的话让他突然想到了另外一件事。

　　自从他长大成人以后，很少听人提起母亲，而对于母亲所有的了解不过是童年时对她的记忆。有好几年他感觉到对于母亲早年的生活家里人总是避之唯恐不及。这些年来他一直不知道那究竟是什么。他母亲痛苦的离世之后——他年轻的朋友和玩伴都不敢在他面前提到她；他天性害羞，也不愿在陌生人面前谈起她，尤其是因为他的父亲和别的亲戚绝口不提和母亲有关的任何事情。只有一次，一位住在女修道院上了年纪的姑姑，激动中说他绝不能忘记"他母亲是多么深地触犯了她这个阶层的成见"。现在，织工汉森的话和那个农民家墙上的木版画无疑指出了这种"触犯"到底是什么。他越回想起母亲的往事，想起在父亲家中母亲奇怪的离群索居，笼罩着她的层层迷雾就越是渐渐消散了。他记起母亲总是把头发挽得高高的，穿着一件朴素的黑色长袍，当他还是个少年的时候，这总让他有些尴尬，因为母亲不像她圈子里其他夫人那样穿长裙，她们看见母亲在场也总是显得很压抑。他记起母亲独有的那间起居室，和家里别的房间一点也不相同，她总是一个人关在自己的房间里谁也不见。很多次还是孩子的他站在门外的阴影里，不知道自己敢不敢敲门。当他终于鼓起勇气走进去的时候，会看到母亲蜷缩在马鬃沙发的一角，凝视着她前面的某处，似乎没有听到他进来。只有当他在她身边站了一会儿，低声喊她"母亲"，她才会把手放在他头上，静静地摸着他的头发；或者她会把他抱到腿上，一边满怀爱意温柔地抱紧他，一边给他讲一些勇士和国王儿子们的故事：他们高举基督的旗帜，为了真理和正义作战——他也记得弟弟和妹妹很少去母亲的房间，听她讲故事的时候也总会睡着。他们年纪更小，更喜欢在父亲漂亮的书房里看图画书和玩那个大地球仪。仆人们也总是称呼他们"小淑女和小绅士"，而叫他"女主人的男孩"。自从母亲去世后，他常常苦涩地感到，在父亲的家里自己变得多么的孤单、无处可依。

他在海边游荡了很久，沉浸在思绪里，不知道自己身在何处，也忘了时间。当他终于回到牧师宅邸，他惊讶地发现客人们已经陆续到了，自己得赶快上去换衣服，以免太晚了。

一刻钟后，他走进客厅，教区长很生气地看了他一眼。教区长身穿晚礼服，头戴无边便帽，正站在客厅中央，和另外几位同样身着晚礼服的绅士打着手势热烈地交谈。

客厅里差不多聚了二十多人。三位本区的地主，老教师莫腾森，兽医阿格博耶，店老板威灵，以及这三位身着丝绸长裙的妻子。此外，还有来自韦尔比村的六个农场主，他们的妻子，年轻的助理教师约翰森。没有斯基博卢卜村的农民，也没有来自韦尔比村的农民，教区长倍感羞辱，因为这些人里最后的忠实分子也被吸引去织工汉森的会议厅了。

三位地主中有两个身材高大，看起来很像兄弟俩，实际上不是；另一位是一个矮小，看起来脾气暴躁的胖子，红脸膛，满脸横肉，眼睛突出（像是一团肥油中泡着两个荷包蛋）。宽阔的下巴像一个食槽般吊在脸上，蓄着灰色的胡须，一个巨大的双下巴垂在脖子上，活像长了个肉瘤。他背着手在餐厅门口走来走去，咕哝着，每分钟都不耐烦地看一眼自己的表。

六个农场主的妻子，都穿戴得一模一样：黑色蓬松的长裙，紧紧地别在头发上绣着金线的帽子。她们沿着窗户默默地坐成一排，棕色的手里握着叠好的手帕，一动不动地搁在腿上。而她们的丈夫，穿着家里手工缝制的衣服，挨着她们靠墙站着，

也是一脸严肃。

长着一个紫色火鸡状鹰钩鼻的教区主席简森，是他们中唯一很自在的，他说起话来像一个完全习惯了在上流社会里打交道的人。

夫人们坐在扶手椅中，围坐在房间中央的桌子旁，丝质的裙摆垂在地毯上。她们兴高采烈地聊着，叽叽喳喳，很难分清是谁在问话、谁在答话。一个身材高大、穿着白色有蕾丝边绿绸长裙的地主夫人是谈话的主角，她刚从哥本哈根回来，正在不知疲倦地讲述她的见闻。别的夫人都热切地附和她对哥本哈根周边扩展和兴建的赞美之辞。只有老教师莫腾森胖胖的夫人嘟着嘴鄙视地坐在一旁，过去二十年里她没有机会去首都；最后她响亮地声明自己讨厌哥本哈根，在她看来，她宁愿死也不愿去那儿。

她的话引起了夫人们一阵激烈的反对。她们都转向她，嘴里喊着"亲爱的莫腾森夫人"；但她毫不退缩，坚定地又重复了一遍刚才的话，并且补充说她实在难以想象人们怎么能忍受在那么嘈杂拥挤的地方生活下去，哪怕是一个礼拜。

与此同时，瘦小羞涩的阿格博耶夫人安安静静地坐在那儿，带着心不在焉、忧虑的表情瞧着前面，似乎她的心思还留在家里，和孩子们在一起。她的手叠放在腿上，好像随时会因为疲劳或者夜晚照看孩子们太辛苦而昏倒。她似乎有意地选择坐在胖胖的莫腾森夫人身后，这样一来夜晚的烛光就不会太残酷地照在她过早衰老的面容和褪色的丝质长裙上——裙子的式样已经过时，松松垮垮的紧身胸衣，都悲伤地提醒着衣服的主人曾经的青春魅力。她不时担心地看一眼丈夫，后者一副挑衅的模样站在火炉边，似乎在否认对自己闪闪发亮的礼服散发出的石油挥发剂的味道毫不知情，这种气味此刻弥漫在他站的那一块地方。他刚去参加完邻近教区一户农民为庆祝孩子洗礼仪式而举办的盛宴，下午很晚才回来。前一晚痛饮的痕迹在他脸上显露无遗：没有胡子的部位一块块深红色的酒斑，表明那个农民孩子的洗礼并不仅仅只用了水。

年轻的助理教师约翰森一个人站在钢琴旁边，两条腿交叉站着，一只脚尖点地。他的一只手上戴着白手套，马甲和衬衣前胸贴合的地方塞着一条手帕。

约翰森差不多和伊曼纽尔同时来到这个教区，但是和伊曼纽尔完全相反，他在这一块儿立刻出了名。他乌黑的头发发型夸张，在一些重要的场合，可以看见他顶着满头鬈发，白白胖胖的脸上没有蓄胡须，有饰边的衬衣总是浆得笔挺，两条结实的腿，一双女人般小巧的脚，整个冬天的宴会上他迷住了所有的年轻夫人和小姐；他的社交才能甚至让周围乡绅家的大门也为他敞开，大家普遍认为这远近没有哪一位年轻女士不崇拜他。

伊曼纽尔刚到不久，餐厅的折叠门打开了，拉格希尔德小姐走进来邀请各位入座。

她穿着一件黑色丝质长裙，点缀着黄色的棕榈枝图案，一件蕾丝外衣，颈部和肘部以下都是透明的。修长的脖子上戴着一条四股绞丝金项链，缀着一个猫眼石扣环。红褐色的长发里插着一只大大的玳瑁梳子。

"请绅士们领夫人入座。"教区长大声说道，同时向一位乡绅的高个子妻子伸出胳膊。

年长的绅士们都想领拉格希尔德小姐入座，而离她最近的简森获此殊荣，他高高抬起鼻子带着她走进餐厅。

别的先生领着夫人们陆续离开，阿格博耶夫人落在了最后，伊曼纽尔朝她鞠躬。农场主们手挽着自己的妻子，静静地走在了队伍的最后。

第十章

餐厅中央餐桌的正上方，悬着一盏巨型吊灯，桌子正中摆放着一个高高的装饰花盘。桌子的两端各有一个高高的七柱烛台。每一个餐盘里放着一片面包，藏在主教法帽形状的餐巾下。餐桌上摆满了各种精致的美食：浇着不同颜色果冻的鱼肉、塞满五香碎肉的禽类、用巨大蓝色玻璃碗盛着的各种沙拉、听装的龙虾和沙丁鱼，还有别的一些食物，都按照拉格希尔德小姐的喜好和品位摆放着。

虽然食物都是这种场合常见的美食，但是餐桌上节日的气氛以及异常精美的瓷器立即给客人们留下了美妙的印象，晚餐在一片庄重的沉默中开始了。那位矮矮胖胖的地主立即投入战斗，胳膊肘朝外，抄起旁边不管是刀子还是叉子什么的，贪婪地往嘴里塞起食物来。

此刻，阿格博耶正在和自己罪恶的念头搏斗。他坐在那儿好一会儿了，跟前还是同一杯红葡萄酒，盘子里也没有盛多少食物，这样一来，他就能自豪地看一眼妻子，因为他在来牧师宅邸的路上向妻子保证过他会表现得规规矩矩、自我克制。

起初，教区长是唯一发言的人，总的来说他表现得像一位既和善又有趣的男主人。他招呼着让菜肴传到每一位客人的面前，邀请绅士们满上酒杯，讲着一些趣事，他的言行举止，正像一位标准的上流社会绅士，因为眼前明亮的灯光、鲜花和穿着丝绸长裙的女士们而兴奋陶醉。

晚餐进行了大约一刻钟，教区长敲了敲酒杯，开始了精心准备的致词。首先他引用了所罗门的谚语，用丰富、优美的语言提及在艰难的时刻，知道身边有一群忠诚的朋友会带给人们力量。他表达了对在座各位所抱的期望，"也希望教区会众们的和睦"不会被打破，最后他衷心地感谢了客人们的光临和他们带来的欢乐。

他刚讲完，一位高高壮壮的地主站起身，慷慨激昂地代表与座的各位感谢教区长为教区所做的贡献，上帝会因此赐福给他。有那么一刻，他差一点儿碰触了教区长刚才轻描淡写地试图忽略的一个严肃而危险的话题，他提到"这个时代正在倾斜"，而教区长是对抗它的坚强堡垒。但刚挑起这个话题，他似乎一下子无话可说了，于是突兀地提议为教区长和拉格希尔德小姐的健康干杯，匆忙地结束了他的讲话。

大家再次站起身碰杯，情绪高涨起来；最后当甜点——一个巨大的葡萄干布丁——闪闪发光地端上桌，心满意足的欢乐氛围达到了最高潮。

但现在阿格博耶的邪恶时刻开始了。葡萄干布丁是他最喜欢的甜点之一，几杯热葡萄酒下肚，他的血液开始欢快地流动起来。很不幸，他对面恰好坐着那个矮胖的乡绅，一个极其糟糕的榜样，自始至终，带着同样怒气冲冲的神情，"像一条绦虫那样狼吞虎咽"——正如阿格博耶事后形容的——一盘盘精美的食物，他不得不强迫自己转过头看着别处，免得被他诱惑。

现在他完全无法克制了。他绝望恳求地看了他妻子一眼，强迫自己吃了一块大约有1.5磅重的布丁，紧接着灌下了两满瓶雪利酒，似乎这样一来立刻就听不到良心的谴责了。

这会儿，房间里充斥着响亮的笑声和谈话声。只有农场主们保持着沉默。他们坐在那儿，怯怯地品尝着神秘的菜肴，好像在吃死老鼠，小口地喝着葡萄酒，像喝药一般。一个农场主对他的邻座轻声耳语，后者正沮丧地看着盘子里闪闪发光的布丁——

"如果这儿有妈妈做的饺子就好了。这些唬人的菜我们乡下人的胃吃不惯。"

伊曼纽尔被安排坐在长桌的中间位置。席间他没有怎么说话，他的女伴忙着监督她的丈夫，也没有和他聊什么。这种无聊虚假的款待让他很厌恶。

和织工汉森的谈话还回响在耳中，穿过迷蒙的烛光和房间里的雾气，他仍能看见那个农民阳光灿烂的屋子：简单舒适、充满礼拜日冷静节制的欢庆氛围。

拉格希尔德小姐，从桌子的另一头，几次试图引起他的注意来和他喝一杯酒，但他故意避开她的眼睛；因为在座的所有人里，见到她最令他不快。他觉得她的衣服品味有问题，不，甚至令人震惊；他羞愧地注意到，坐在她旁边的约翰森弯下腰赞美她的时候，眼睛色迷迷地盯着她白皙的脖颈和胳膊，它们在薄薄的衣料中若隐若现。听着这个区有名的风流绅士荒唐的阿谀之词，她似乎也并不是无动于衷。靠在椅子上她看起来很活泼。房间里的热度、葡萄酒，还有嘈杂的说话声让她的双颊泛起了淡淡的红晕；她笑起来的时候，眼睛里闪着兴奋的光芒。

他在脑海里将她和今天刚见过的那个冷静、健康，有着玫瑰色面颊的农家姑娘暗暗作了比较，在他看来，穿着简单深红色长裙的那位农家姑娘，比起房间里任何一位穿着耀眼的丝绸薄纱裙、盛装打扮的夫人都要漂亮一百倍。他看了看在座的人，从志得意满的教区长和乡绅，到那排冷漠的农场主——他觉得自己被可怜地欺骗了。他一度以为自己已经永远逃离了那个深恶痛绝的文化，而现在他发现在这儿又一次陷入同样的圈子，是从前那一个文化荒唐的翻版。难道不是同样的轻浮？同样的傲慢？同样的虚伪？大家从餐桌前站起身，去了不同的房间。女士们占领了会客厅，男士们则坐在书房里抽起烟来。

拉格希尔德小姐在餐厅的门口遇到伊曼纽尔。"请慢用，"她开心地喊道，把手递给他，"尽管如此，我想您可能会说'谢谢您的食物。'您不认为我的餐桌值得赞美吗？为什么您这么殷勤，甚至都不看我一眼？我一直想和您喝一杯。"

"哦，我看您过得很开心。我想约翰森先生被您迷住了，我不愿意把您从他身边夺走。"

"可怜的约翰森，"她笑道，"您总是看不上他。我承认他有一些可笑，但是，上帝，他算得上一个绅士，而且他不会开口闭口只说牛啊，谷价啊。他甚至算得上一个有品位的人。我注意到今天他用了一种闻起来还不错的香水；然后他还和我聊起瓦格纳和贝多芬。您还能指望什么呢？"

"我敢肯定您是对的，在我眼中，您和约翰森先生是令人羡慕的一对。"

伊曼纽尔回答的口吻让年轻的女士停了下来。她看了看他，不高兴地说：

"我想您忘乎所以了，韩斯特德先生。我觉得，总的来讲，最近您的表现真糟糕，开始不那么和蔼可亲了。"

"这一点您无疑也是对的，拉格希尔德小姐。我觉得自己与这里格格不入，刚才遇见您的时候我正要离开。如果您的父亲问起我，请为我编个借口，好吗？”

　　他僵硬地鞠了一躬，离开了房间。拉格希尔德小姐站在门边，看着他的背影，惊呆了。

第三部

第一章

五月的一个礼拜日下午，斯基博卢卜村的会议厅里挤满了人，他们脸上紧张期待的神情清楚地表明某件不同寻常的事情马上要发生了。在斯基博卢卜村的历史上这是引人注目的一天。大家等待的演讲人不是别人，正是教区长的副手，韩斯特德牧师。

长长的灯光昏暗的房间里（这里从前是一个谷仓），每一张椅子上都坐满了人，成群的男人和小伙子们挤在窗户边，挡住了那儿的光线。到处是快活、响亮的说话声。人群里很显然没有来自韦尔比村的农民，虽然韦尔比村和斯基博卢卜村相距只有几英里远，但是两个村子的居民差别很大，一点也不像住在同一个教区的人。这种情况并不是因为偶然，而是由于长期以来，两个村不同的地理位置和人们与之相应的生活条件导致的。早在阿里尔德时期，平静的韦尔比村村民一年到头就忙着在他们广阔的土地上耕种和收获——而斯基博卢卜村从一开始——在一定程度上，直到现在，仍然是——一个渔村，这儿的居民主要靠捕鱼为生。就在几代人之前，斯基博卢卜村的人们还依然瞧不起耕种土地，觉得那是女人们才会干的小活，男人们都驾着船在峡湾里出没，然后在海边靠岸上陆地去把他们捕的鱼卖掉。现在还流传着很多从前斯基博卢卜村的男人在岸上和海上的传奇冒险故事。

房间的一角立着一张式样简单的书桌，倚着谷仓的旧砖墙，墙上面悬挂着一幅丹麦国旗，红底上的白色十字垂得笔直。

桌子前的长凳上坐的几乎全是女人，男人们都坐在后面，或者沿着两边的墙站着。

埃尔莎·安德斯·约尔根和她的女儿汉茜娜吸引了很多人的注意，她们坐在中间一排的长凳上。埃尔莎圆滚滚的脸、微微突出的眼睛、铁灰色的头发，头上大大的绣着金线的帽子，帽子两边还垂着宽边红丝带，不管在哪儿的人群里都会引人注目；但今天她引起的关注是因为众所周知，在她的家里，副牧师和织工汉森会了面，才有了今天这件大事。从某种意义上讲，也是因为埃尔莎，这件事才有了一个快乐的结果。那天他们第一次会面的时候，她正好不在家，回来以后听说了这件可惜的事，她打定主意要自己去找一下韩斯特德先生，自从第一次在女儿生病的时候见到他，她就一直对他有一种坚定不移的喜爱。第二个礼拜日，布道结束后，她就在教堂外等着他，请他那天晚上再去她家，"去见几个很想和他聊聊的好朋友"。韩斯特德先生立即欣然接受了她的邀请，她事先谨慎地安排了织工汉森和另外几个村子里带头的男人到场，最终副牧师和村子的会众们严肃地交流了很多看法。

由于这以后副牧师好几次去拜访安德斯·约尔根家，又对埃尔莎和她的女儿特别关注，每个礼拜日仪式完毕后都会去找她们，然后送她们往家走一程，因此汉茜娜的朋友经常会拿副牧师打趣她，根据她们的观察，她心里对他始终珍藏着一种秘密的情感。她当然总是激烈地反驳对她的调侃，今天，似乎为了证明自己的无辜，她和别的姑娘相反，特意穿了一件平平常常的深绿色亚麻羊毛裙，上面没有任何装饰物。

尽管如此她仍然很好看——她并不是平白无故被认为是村子里最漂亮的姑娘之一的；虽然她的下半边脸还有些孩子气，没完全定型，和上半边脸上靠得很近的浓密眉毛以及凹陷的真诚的眼睛不太协调。她坐在那儿，像往常一样挺直腰板，几乎有些不太自然，这让她苗条细巧的个子显出一种自信和威严出来；她既没有加入，也没有听周围女人们欢快的闲聊。她从来都和周围的人不那么意气相投，所以大家也就习以为常了。当她还是个孩子的时候，面对陌生人的接近，不管是友好的还是不友好的，她都是一副可笑的疏远模样，这让大人们觉得很有趣。从几年前上中学起她的冷漠就更明显了；在那儿，她参加了一个哥本哈根的"互助会"，很多人给他们做了演讲，老格兰德维格主教是最后一位发言的。从那以后，除了在父亲的房子里和田里，人们很少看见她，她尤其避免参加那些自在轻松的娱乐，村子里的年轻人总是会在礼拜日或者晴朗的夏夜沉迷于这类活动。另外，人们常常会听到她一边干着活，一边唱着歌，有时候是在牛棚或者厨房里，有时候是挑着牛奶桶走在田野间。

村民们有时候会笑话她，但总的来说，他们并不太在意她那些奇怪的行为。毕竟，她还不过是个孩子，只有十九岁，周围上了中学的姑娘们都有一些这样或那样的古怪之处。而且，人们都知道，年轻人要重新找到平衡、适应农村简单的日常生活总是需要一些时间。

这时候，已经五点钟了，副牧师还没有到。一些男人显然有些焦急，他们站在门口准备迎接他，织工汉森排在最前面。他们知道自从教区长注意到副牧师和织工汉森以及斯基博卢卜村一些有影响力的人在交往，最近他俩之间关系有些紧张。现在他们担心，尽管很谨慎，汤内森教区长可能还是听说了这一次的聚会，在最后一刻制止了韩斯特德牧师出席。

织工汉森苍白的脸显得尤其不安。他知道如果今天副牧师不能到场，等待他的是什么；但是他也知道如果明天人们知道教区长的同事在他的会议厅做了演讲，将会引起多大的轰动。

第二章

　　最终，沙堤上出现了一个孤单的身影。正是伊曼纽尔。他拿着一件轻便的外套，急匆匆地朝村子走来。当他看见会议厅外等待的人群，加快了脚步，几分钟就走到了门边。尽管天气炎热，又走得很快，他的脸色却异常苍白，显得非常紧张和兴奋，让他的表情看起来很奇怪。他心不在焉地和织工汉森以及周围别的几个人默默地握了一下手，随后立即走进了大厅。

　　里面的谈话声戛然而止，所有的脖子都伸长了看着他。织工汉森用他长长的、竹子般瘦削的胳膊在人群中分出一条道来，把他领到了大厅的前面，让他在象征着尊敬的网格长椅上（其中一个座位坏掉了）坐下。

　　他们交谈了几句，接着织工汉森站到了书桌上，从他大衣的口袋里掏出一本赞美诗。他安静地站了一小会儿，双手握着书，闭着一只眼睛，用另一只扫视全场，想到教区长，一抹狡猾的、得意扬扬的笑容偷偷浮现在他脸上，房子里后排的男人们高兴地响应他。最后，他用诚挚的声音说道——

　　"现在，所有的朋友们，我想我们应该唱一首歌来开始！韩斯特德牧师没有特别的推荐，所以我们可以挑一首喜欢的。你们想唱什么？"

人们纷纷喊出不同的歌名。最后，他们同意唱《前进，农民们前进》。

"好的，就唱这一首，"织工汉森说道，意味深长地笑了，"这首歌正适合我们。"

他用洪亮的声音起了一个调，四面响起了震耳欲聋的歌声。这不是在唱歌，而是在疯狂热烈的嘶喊，大家高兴得尽情大喊着，屋顶似乎都要被掀翻了。

伊曼纽尔坐在网状格长椅上，两只脚交叉，身子向前倾，时不时用手不安地捋捋自己的头发。他很紧张，没有加入大家的合唱。黑暗、阴郁的房间，大家无多顾忌的眼神，还有这吵闹不协调的歌声，有那么一刻让他快要崩溃了。

除此之外，他还受着良心的谴责，因为，出于不得已的情况，他还没有机会告诉教区长他打算今天做演讲。他一直故意拖延，直到最后一刻都闭口不提这件事，他也要求织工汉森不要在公开场合宣布这次聚会，这样教区长就没有时间来阻止他参加。但是，在他离开牧师宅邸前的一刻，他去找了教区长，结果发现半个小时前他出门去拜访别人了。

在这种情况下，他想最好是对拉格希尔德小姐和盘托出自己的计划，自从那次晚会冲突之后，他们又成了朋友；但从前那种亲密的关系已经不复存在了。拉格希尔德小姐的反应并没有伊曼纽尔想象的那样吃惊。这段时间她从老仆人那儿不时地听到副牧师的一些举动；而且，从他各种各样的言语中她也估计到会有事情发生。

如果说拉格希尔德小姐不是很吃惊，那么伊曼纽尔——弥补了这一点——倒是很吃惊，当他听到年轻女士非常严肃地跟他说着体己话，坚决反对他按照打算采取行动的时候。

"以您的胆小，您就是一个好奇、易变的人，"她说道，"现在您盲目地一头扎进了根本不了解的情况里——只不过因为您暂时对自己目前所处的境地不满意。我相信由我来帮助您恢复理智是荒谬的。我知道只要您脑子里有了一个想法您会变成什么样。尽管如此，我还是请您仔细考虑一下，韩斯特德先生，您走出了这一步，对于您和我们，将会带来什么样的后果。当您知道——您一定知道——织工汉森和他的追随者对我父亲做了什么，那么不用我多说，任何接近这些人的做法——温和地讲，先不说绝对不正确——都会看起来很奇怪，也真的很奇怪。"

不等他回答，她转身离开了房间。

她最后几句话，以及说这些话的语气，让伊曼纽尔眼睛上最后一点蒙眬也消失不见了。他绝对可以预见牧师宅邸将要发生的事情，也完全做好了准备：自己在那儿作为教区长的副牧师的日子将屈指可数了。但是他也想过，无论怎样人们都会尊重他对自己信念的执着——瞧，他甚至隐隐地期待暴风雨会在双方和解的情况下结束。他现在明白任何想要达成谅解的举动都将毫无结果；从现在开始，不仅在牧师宅邸，而且在任何"思维正常"的人眼中，不管是这里还是任何别的地方，他都会看成一个叛徒，人们对他绝不会有任何怜悯。

所以貌似对教区长保持沉默的做法让他倍加痛苦，因为那在某种程度上被认为是懦弱的表现。

这次和拉格希尔德小姐新的冲突不仅让他对形势更明了，而且唤起了在此之前他一直缺乏的自信和应战的决心。现在他迫切地想彻底摆脱他的过去。即便是现在，阴郁又不舒适的房间和缺少庄重气氛的集会让他很沮丧，他急不可耐地想要来个了断，远离身后回头的桥，采取行动，让他的情况明朗化。

歌声一停，他站起身，跨步上了书桌。

第三章

事先他故意没有准备演讲词。他想试一试即兴演讲，顺应自己的心畅所欲言——这样好避免僵硬、虚假的演讲模式，从前他在精心准备的布道中总是遵循那些老套的做法。

尽管这样他并不是没有任何准备。相反，他打算要讲的题目，已经在他的脑海中考虑了很长时间。他打定主意听从织工汉森第一次见面时给他提的建议，给他们讲一讲自己。他准备给他们大致地讲述一下作为一个城市里长大的孩子的成长历程，以及他对自己生活的种种感受，这样可以让他们知道他的环境和感受是如何影响他，如何最终让他选择与过去分道扬镳，而现在站在这里。

他从一个小故事讲起。讲的是：一天，一位追求者献给了年轻的公主一朵可爱的花。她开始很高兴，打算把它别在胸前。但当她发现这朵花不是模仿自然界的真花，用丝绸和染色的羽毛制成，而是一朵真正的、新鲜的玫瑰时，她生气地把它扔到一边，告诉自己的女仆赶紧把这朵丑陋的农民的花给扫走。

这个故事，他说，蕴含了深刻又令人悲哀的真相，很适合我们这个时代。在我们这个时代，并不是只有这位年轻、宠坏了的公主嘲弄拒绝真正的鲜花——不，整个所谓的现代文明，在大城市的发展中，都公认正在努力地毁掉上帝给人世间的礼物，他们傲慢自大地想要改变——或者，正如人们口中所说的——"发展和改进"上帝在世间的创造，靠人们可怜的能力创造一个新的宇宙。只要看一眼现在的任何一个大城市，或者想一想世界上任何一个繁华的城市里，人们是如何成千上万地聚集在一起，就像新的巴别塔① 一样，竭尽所能地用煤灰、大楼和高高的烟囱将上帝的阳光和新鲜的空气挡在外面——人们不会看不到，这整个的"社会"是在违背自然的基础上建立的。

或者看一看人们——看一看那些打扮起来的夫人，用各种机器产品——"衬裙、紧身胸衣"，或者不管叫什么的——"改善"她们的容貌；看一看男人，不管老少，都按照巴黎最新的时尚打扮着自己，涂着润发油、发蜡，用热熨斗把头发和胡子烫得看不出原来的模样。事实上，不管是大事还是小事，人们都能注意到这种违反自然规律的、洋洋自得的背叛。

或者，如果从街上走进房子里，看看人们在工作、休闲、

---

① 《圣经·旧约·创世记》第 11 章宣称，当时人类联合起来希望兴建能通往天堂的高塔，称为巴别塔或通天塔；为了阻止人类的计划，上帝让人类说不同的语言，使人类相互之间不能沟通，计划因此失败，人类自此各散东西。此故事试图为世上出现不同语言和种族提供解释。

开心、悲伤的时候的种种表现——每一个地方，我们可以看到现代文明是如何把人类从永葆青春的母亲——大自然身边拽开，把他们扔进一个装模作样表演的世界里去，到最后他们误以为那才是唯一真实的世界。疲劳的工人夜晚在酒吧买醉获得片刻虚假的快乐；年轻的女士们黄昏的时候坐在钢琴边，在四面高墙里编织月光、咆哮的海浪、云雀的歌声这些假象；所有这些人，坐在剧院里，忍受着令人窒息的高温，呼吸着有毒的空气，看着小丑在画出来的场景中拙劣地模仿着人们的喜悦悲伤，为这些表演流着眼泪；那些"艺术爱好者"欣赏着墙上镜框里汹涌的大海和鲜花满地的草坪——难道这些人不像那个年轻的公主，宁愿要染色的羽毛也不要散发着香味的新鲜的玫瑰？

"而且，"——他继续说道——"这只不过是整个情况最无关紧要的外在表现。如果我们更深地看一看现代生活，如果我们看一看这个丑陋的面具下的内在生活——我们看见了什么？我们看到人们之间被一条巨大的鸿沟分隔开来，这条鸿沟分开的——不是善与恶，不是诚实的与不诚实的，不是上帝的孩子和罪恶的奴隶——不，而是富人与穷人，是活着只为了享乐的有钱阶层和那些贫穷受苦的人们。一边是在贫穷中辛苦耕作的广大民众，另一边是生活在悠闲富足中的少数幸运的有钱人。鸿沟这一边——到处是寒冷、黑暗、无知；鸿沟那一边——是光明、辉煌、满足。今天的文明以这种方式推行着基督的兄弟之爱！就是这样执行法律，'爱'你的邻居！一个社会的文明程度越高，这个鸿沟就越宽；这边的痛哭声越响亮，那边的放纵就越大胆——直到我们，在首都，在所谓的文明中心，看到整个社会处于道德沦丧的疯狂状态，听到鸿沟两边的声音合成一阵巨大的哭喊：垂死的人因为喘不过气而呼喊！"

他觉得需要立刻让听众更清楚自己的观点；他渴望向人们袒露他对生活的看法，以及几个月来他心底深处的孤单和自我压抑。当他再一次回到那个引起争论的话题，他觉得似乎有一股暴风在推动着他；充满激情的话语从他嘴里滔滔不绝地涌出，令他自己都感到吃惊。

他觉得太棒了，拉格希尔德小姐的话刺到了他的心里，激起了他的热情——是她的公然挑战唤出了一直模糊不清的答案。他四周庄严的寂静和一排排紧张聆听的面庞更使他坚定了这一点。他在这里感受不到——像他在教堂的时候感到的——他和听众之间存在任何冷漠的隔阂。当他看到几百张面孔紧盯着他的嘴唇，被他语言的力量吸引，陷入思索时，第一次他感到一种陶醉。冷静了一些，他继续讲述了城市生活躁动不安的方方面面；描述了漫长的宴会，一道道菜肴，各种各样没完没了的美酒。然后他讲到在这些消遣娱乐的时候人们流行的谈话方式。

任何人如果能以一种轻松调侃的方式谈天说地都被认为具有交谈的天赋；在社交界一个人的价值也是凭这种能力来划分。认真地讨论严肃的话题——询问人们热烈的期望和更高的追求都被认为是不恰当和迂腐的。同样，谈一个人的生活目标、计划和希望也不符合规范的，但是相反，聊一聊最近的丑闻、时装和戏剧却是另一回事。

"在这样一种头脑发热的氛围下，在这种毁灭性的焦躁不安里，"他继续说道，"我们的年轻人长大了。在轻浮、自大、蠢话、伪善中他们形成了最初的印象，而这些对他们的将来影响巨大。需要对来自上帝工坊的孩子好好地修剪、弯折、碾磨、抛光，才能将他们变成'社会'体面的一员。看一看我们的年轻人，他们将要成为我们的领导者、教师和法官！他们还不到二十岁，大部分人已抛弃了所有崇高的理想，扔掉了对真实、丰富的人生力量的所有信仰。他们已经明白'社会'要求他们的不过是无可指责的外表、正确的行为举止、令人愉快的笑容；一个浆得雪白笔挺的衬衣前胸是为他抵挡生活挑战的盾牌；时髦的发型、漂亮的衣服、修剪得整齐卷翘的胡须是通向幸福灿烂未来的通行证。'一个有前途的年轻人'是能够轻松学会'社会'虚伪的那一套的人，而家里的'讨厌鬼'是天性厌恶'社会'的操纵的人，是在学校和家里用手和脚捍卫自己，不让毒药流进眼睛和耳朵里的人。"他停下来。他感到对从前那个家苦涩的回忆开始控制了他的情绪，他需要停下来镇定自己。当他看了看表，吃惊地发现时间飞逝，他已经讲了一个小时又一刻钟了。"我们得停下来了。"他抱歉地一笑；虽然四周的听众请求他继续讲下去，但他还是决定结束自己的演讲。

"不，我觉得今天最好到此为止。无论如何我今天讲不完想对你们说的话。但是如果我们能同意哪个礼拜日再来这里聚会，那时我会继续讲下去的。"

"没错，没错。"四面八方的人都大声喊道。

"很好，那就给我送个信，我会乐意为你们效劳的。现在我只想补充一点，不管将来我在这片教区的位置是什么——有可能从今天开始会发生一个变化——我可以肯定一旦我们学会了解和理解彼此，我们共同的生活将会是快乐和幸福的。如果今天的几小时能带来那样的结果，我的目标就实现了。"

他微微地鞠了一躬，离开了演讲台。

第四章

他结束演讲的时候，房间里响起了一片衣服的窸窣声和低语的嗡嗡声。大家都很开心和惊讶。他们中最乐观的人做梦也想不到会听到这么一通自由的演讲。但是副牧师最后几句话里的暗示让他们兴奋的情绪受到了轻微的影响。他们以前没有想到这次聚会将有这么深远的影响。大家都看着织工汉森，他最终从前排长凳的一端站起身，甩着长胳膊长腿慢慢地登上讲台。他极其简短地干巴巴地代表大家感谢这么一场"令人激动的"演讲，然后依照会议的程序继续询问听众中有没有谁想对这次讲话发表看法："也就是说，如果韩斯特德先生不反对的话。"他补充道，笑着转过头看向伊曼纽尔，伊曼纽尔安静地摇了摇头。

"嗯，那么，任何人都可以在大会上发言。"他朝听众挥了挥手说道。

立刻，坐在中间长凳上的一个人站起来，那是一个又矮又丑，穿得很破旧的女人，她刚一露脸，就引起了大伙的骚动。一些人甚至开始发出嘘声，喊着"坐下"。但她显然习惯了在公开场合露面，也习惯了大家的反对。对别人的干预她毫不介意，用一种几乎听不见的嗓音,像袋子里的猫叫声一般,露出掉光了牙齿的牙床,同时还机械地舞动爪子般的手来加强语气,她问了副牧师一长串问题,一边问一边坚持管他叫"最后一位诚实的演讲家"。她首先说,副牧师讲的一切可能都很正确,但是她想知道他怎么看待税法和新的学校秩序。她想知道他这位诚实的演说家怎么看赞美诗集后面新添的附录,以及他认为一个有十四头牛的男人不让辛苦干活的牛在沟里吃点草对不对。她还想知道他怎么看待有关罚入地狱的教条、和平问题以及老年人养老金问题。

大家的嘘声越来越响,所有的人再次盯着织工汉森,而他似乎正仔细地打量自己的靴子底。

当嘘声响成一片,彻底的盖过了说话人的声音,他开心地笑着抬起头,站起身。

"够了,够了,现在,玛伦·斯梅兹,我们最好还是把这些问题留到下一回去问。韩斯特德先生刚给我们做完演讲,好像我们不该太唠叨,来毁了今晚的好印象。"

"没错,没错。"周围的人都喊道。

织工汉森,本来好像还要补充点什么,突然不说了,一屁股坐下去。与此同时,十几只手扯着玛伦的裙子,像拽木偶般拉着她一个趔趄,坐到了位子上。

伊曼纽尔站在那儿，看看汉森又看看那些发出嘘声的，不明白是怎么回事儿，旁边一个人跟他低语了几句，他坐了下来。

这时听众的后面出现了一些骚动。一个男人跳上最后一排的长凳，大声嚷着要发言。这个人留着黑胡子，像个"海盗"般块头很大，伊曼纽尔那个冬夜第一次乘雪橇来斯基博卢卜村的时候见过他一面，他当时代表那些铲雪的人发表了欢迎辞。

他的声音像号角一样响亮，回荡在整个大厅，大声说道：

"我也想感谢牧师今天给我们大伙说的话——但首先要感谢他今天的到来。我想大伙可以说已经找到了盼望的人，当初听说他要做我们的副牧师，大伙都很开心。虽然那时候不是每个人都很有把握——请副牧师一定原谅这一点——但是现在我们的眼睛亮了，知道了他的为人，所以我诚心地感谢他。"

"没错，没错。"挤在窗户和墙边的所有年轻人都喊道，女人们也赞同地点头。

"我还想说，假如，因为今天的聚会，副牧师遇到了任何麻烦或者不快——我已经说了很多次——在我们这里一定有留给副牧师的位置！如果韩斯特德先生在那儿遇到了困难——难道不是吗，朋友们？——我们时刻准备着张开双臂、欢呼着迎接他！我们说话算话，对不对？"

听完这些话，窗户边、墙边发出了雷鸣般的喝彩声，甚至女人们也加入了他们。

伊曼纽尔站起身，从他的表情看得出"海盗"的鼓励让他也很兴奋。他站到讲台边，所有的人立刻都安静下来。他站了片刻，似乎在和自己的内心战斗。接着他坚定低沉地说：

"感谢你们的支持，我的朋友们。我很开心，很满足。没有人知道将来会怎么样，但是我再也不害怕，"他抬高嗓音补充道，脸上漫上了红晕，"我知道我的使命，无论是反对还是战斗——什么也不能阻止我追随它。请相信这一点！为了感谢大家的善意，请你们和我一起唱一首古老而美丽的赞美诗：《一切都在我们的父亲上帝的手中》！"

大家唱了起来，然后又唱了一首，几个人要求再来一首，这时织工汉森站起身，突然宣布散会。

七点早过了。房间里几乎已经黑了，空气令人窒息。男人们跳下窗户，有的往外跳，有的向屋内跳，这样房间里才稍微亮堂一点儿。映着落日的余晖，会议结束了，大家朝门口挤去，声音嘈杂，震耳欲聋。

伊曼纽尔被人群围着往外走，大家争着和他握手感谢他。人们的热情和感谢都快把他淹没了。围着他的人都很开心，一个劲赞美他："多么英俊的年轻人啊！""是啊，他是个优雅的孩子！""太虔诚、太好了！""他们还说他和他可怜的母亲很相像！"

在门口他遇到了在那儿等着的埃尔莎，她走近他，激动地握着他的手，孩子般喜悦的泪水从她清澈的眼睛里涌出来。他笑着说："谢谢你，埃尔莎！"然后转过头去找汉茜娜。但她不在那儿。这让他在欢乐之中有点儿小小的失望。虽然他没有看到她，但他肯定她就在那附近。

第五章

这时候，"海盗"走过来，介绍说自己叫尼尔森，是个木匠。伊曼纽尔感谢了他刚才在大厅里说的话，尼尔森志得意满地开心笑了起来，露出一口洁白的牙齿："也许韩斯特德先生愿意和我们到海边去开心开心？天气好的时候，我们开会后通常会去那里，唱唱歌、聊聊天。就像我们说的，今天真的是夏天了，所以如果您能赏光陪我们去玩一玩，我们会很开心的，先生。"

伊曼纽尔欣然接受了他的邀请。他还不想离开这些新朋友回牧师宅邸。"那一定会令人愉快！今天这儿人真多啊。"他说道，看了看密密麻麻的人群。他又看看四周想找到汉茜娜。他不相信她不在附近。

立刻人群之间传开了：副牧师要和他们一起去海边。

这个消息让那些要回家照看孩子或者给牛喂草的人们加快了脚步，他们想快点赶回家弄妥当再过去。连"老艾里克"也拄着他礼拜天用的拐杖，跛着脚走回村子池塘的另一边去照看他的猫了，落日映得天边一片火红。

一群年轻人——姑娘和小伙子们，已经动身往北面的海边约会去了：姑娘们挽着胳膊，唱着歌走在前面，小伙子们叼着烟斗和雪茄，三三两两地走在后头。老人们紧随其后，大多数是两个结伴，费力地爬上陡峭的坡路，往沙堤那儿走去。

两个老人和伊曼纽尔走在一块儿——他们都是斯基博卢卜村村民常见的体型：灵活矮小、长胳膊短腿。两个人都是村里很重要的人物，极力想让伊曼纽尔谈一谈他觉得教区长对"今天的事"会说什么，还有他将来有什么打算。

但是伊曼纽尔不断地回避这个话题。他觉得今晚他的神经和头脑需要休息一下，要不受干扰地享受这几个小时的快乐和自由。而且，他觉得这个夜晚太美好了，不应该用来计划战争这样的事。好像大自然也强烈要求一个小时的和平与调停。所以他总是停下脚步，看看四周，开心地惊叹，那两个人也不得不安静下来。天空和谐纯净的色彩洒在大地上，熠熠生辉！没有一丝风，没有一点声响。是的！火红的天空中，很高的远处，一只小云雀，几乎看不见它，正对着夕阳婉转鸣唱——在无边的寂静里，这唯一的声音，颤抖的音符，那么遥远，但同时，令人惊奇，又显得那么近——像一颗闪烁的孤星。

当他们到达山顶，看见年轻人们就在几百步之外；他们坐在水边的草丛中，那里到处开着五颜六色的鲜花，现在他们唱起歌来。突然，一阵微微的战栗掠过伊曼纽尔全身。在人群的后面他看见了自己一直在找的人——汉茜娜。她正和一位结实的高个子红头发姑娘互相挽着胳膊走着。那个姑娘他认识，是猎场看守的养女安娜，汉茜娜最好的朋友，他经常在教堂里看见她俩。汉茜娜另外一条胳膊挽着一个瘦瘦的、衣裳破旧的小个子姑娘，姑娘身上的黑色长裙太长，像男孩般迈着大步，显然刚刚接受坚信礼①不久。安娜砖红色的头发上戴着一顶装饰着格子缎带的小草帽，好像是孩子戴的。她深绿色的亚麻羊毛裙和汉茜娜身上的一样，脖子上系着一条鲜艳的黄手帕，对折成三角形的一端飘在背后。汉茜娜戴着一顶低低的宽边棕色草帽，脖子上没有系手帕；帽子黑色的缎带一直垂到腰间，那儿系着一条鲜艳的皮带，这是每一个女中学生明显的标志。

看起来是猎场看守的女儿故意把另外两个人拖在身边，要和她们分享一些重要的消息。

穿黑裙子的女孩朝前弯着腰，身体几乎折成了两段，盯着她朋友的脸，似乎这样她就能从对方的眼睛里把话直接掏出来。而汉茜娜看起来并不专心。她低着头，要不就看着另一边，好像不想被人瞧出在走神。她们经过路边的一朵花，汉茜娜没有松开朋友的手，弯腰顺手把它摘下来。

---

① 坚信礼清晰地划分出儿童时代和少女时代的界线。

伊曼纽尔一边心不在焉地回答那两位农民有关教区长和他将来的问题，一边注意着这些小细节。

他的眼睛没法离开汉茜娜。他无法解释到底是这位姑娘身上的哪一点让他这么感兴趣，对于她，他几乎一无所知。他一出现她就变得难以理解地沉默，而且他总共只和她说过两到三次话，聊的也是很无关紧要的事。每次他去她家拜访，她总是沉默不语地坐在窗户底下长凳的头端，半转过身去，头也不抬地干自己的活；但是她内向的性格里有某种令人好奇的东西——她的眼神，羞怯同时又大胆——是的，即使在他面前她沉默寡言的时候。这让他觉得她心灵纯净、感情深刻、为人正直，让他几乎心生敬畏。

他一看见她，就试图让同伴加快脚步。他想和她说说话，如果可能的话，想从她脸上看出他的演讲给她留下了什么样的印象。但是那两位农民习惯了悠闲的步子，很难让他们加快速度，还没来得及赶上三位姑娘，姑娘们已经顺着陡峭的斜坡向下跑到海边去了。

几分钟以后，伊曼纽尔和他的同伴也到了聚会的地点。这是一块半圆形沙地，连接它和海边的是夹在两块峭壁间一条窄窄的沙滩。乡下人管它叫"教堂"，因为他们觉得它很像一个教堂半圆形的后殿。一条涂了焦油的旧船被拖到了岸上，姑娘们

已经在船上横的座板和船舷边一排排地挤着坐下；小伙子们都坐在沙滩上。汉茜娜和她的朋友在靠水的船首那边坐下，前一天恶劣的天气之后海浪还有些大。映着白色的沙滩、碧蓝的海水和夕阳的余晖，姑娘们颜色各异的长裙、鲜艳的帽子看起来就像一幅美丽的画。

慢慢地，所有的人都到齐，在斜坡上坐好了。最后老艾里克拄着拐杖一瘸一拐地走下陡峭的斜坡——引来一片欢呼——他那条坏了的腿被包得严严实实，像一个裹在襁褓里的婴儿。

伊曼纽尔坐在那儿，看着一对一对的人们朝海边走去——通常总是女人和女人、男人和男人走在一起，看着他们都在路的尽头那儿停一会儿，找着位子，似乎天空和大海的光芒让他目眩，他想起了人们管这里叫"教堂"。这一刻，他有一种感觉，似乎在看着人们往教堂走去，比他以往参加过的任何一次都要庄严。最后，所有的信众在他旁边的斜坡上一排排坐下——女人们坐在最下面的几排，长裙拢在脚边，手里握着手帕；一些人戴着大的黑色的"教堂兜帽"，另外一些人则戴着漂亮的金线刺绣的帽子，映着夕阳闪烁着，像头上戴了一个光环。男人们坐在她们上面的几排，手肘搁在膝盖上。最顶上，一群孩子躺在那儿，手托着下巴，朝下偷看——很像祭坛那些古老画像上的天使头像。

当人群安静下来，这种教堂的感觉更加强烈了。船上的姑娘们开始唱起来。她们彼此挽着腰，面朝大海，唱起了一首古老而虔诚的晚祷赞美诗。

一天结束，马儿停下脚步，

夜晚所有的生灵都开始休憩，

鸟儿安静地钻进枝繁叶茂的大树，

列那狐迈着轻盈的脚步悄悄离去。

飞跨过西面金色的云堤，

灿烂的阳光河畔立着天国之门，

在彼岸辛劳的灵魂觅得栖息之地，

安睡在天堂温暖的怀抱里。

哦，羞怯的人们，顺着一条神秘的路，

寻找休憩之所，能一觉到天明，

为什么不忍耐，去往天父的住处，

在那儿抛掉夜晚的担忧和恐惧？

仁慈的上帝啊，看护和照料着，

大地的孩子

让每一只小鸟都有巢儿栖息
热切地列队等候吧，如果上帝还在准备着
　　一个家，无家可归的灵魂在那里能安歇。

敲门！天使们会领你入内，
　　无论满怀恐惧，无论罪孽深重，无论孤身一人，
他们会解除你罪孽的重负，
　　引你去往天父的宝座。

第六章

    这个晴朗、安静的春夜，歌声听起来分外悠扬。在开阔的户外，各种声音不再像在会议厅低矮的屋顶下那样刺耳。好像开阔的空间给了它们深度；好像天地为它们增添了色彩。然后她们唱起了各种民谣，大家也渐渐加入她们。紧接着，一个洪亮的声音要求大家一起唱《年轻的布雷之死》。

    "年轻的布雷之死！……年轻的布雷之死！"热切的歌声响

彻在四面八方，小伙子们都坐了起来。

安娜——汉茜娜红头发的朋友——被选作领唱。她坐在船的最前边，像一个装饰船头的雕像，开始以高亢响亮的嗓音唱起来，让人想起了她头发鲜艳的光泽。大家一起唱副歌，姑娘们负责和声。木匠尼尔森两腿分开，站在沙地的中央，用胳膊打着节拍。他兴高采烈地笑着，指挥着合唱，牙齿在黑色的海盗胡子间闪闪发光。

> 早在太阳从南边露脸之前，
>> 天刚破晓的时分，
> 布雷爵士吻着英格尔夫人的红唇。
>> 嘿哟！但是清晨多开心！

> 布雷爵士给他灰色的骏马装上鞍，
>> 一匹灰色斑纹马；
> 英格尔夫人整天在窗口眺望。
>> 嘿哟！但是森林绿油油！

> 他高高升起了船帆，
>> 光滑柔软的白帆，

布雷爵士劈波斩浪向前行。

　　嘿哟！但这分离多艰难！

　　整首歌有二十多节；唱完最后一个小节，姑娘们跳下船，所有的人鼓起了掌。

　　"也许您没听过这首歌，先生，"一个留着金色胡子、笑眯眯的年轻人说道，他和另外几个小伙子走到伊曼纽尔身边和他攀谈起来，"这是我们这儿的年轻人最喜欢的歌曲之一，因为它是我们桑丁基的中学主任写的歌。您可能听说过他。我敢说这儿所有的人都知道他。"

　　伊曼纽尔清楚地记得曾经听人提起桑丁基中学，说这附近的年轻人如果想接受比乡村学校更好的教育，常常都会在织工汉森的指导下，去这所中学；于是他走近这三个农民，想多了解一些有关这些特别的学校的情况，他一直很好奇，过去的几年里它们究竟是因为什么在这片乡下如此受欢迎。

　　然后他惊讶地听说，桑丁基离这儿只有六英里，在海对岸没多远的地方。从他们现在坐的地方可以清楚地看见对面一些长着石南的小山，那个小镇就在山背面。金色胡子的年轻人自己以前就是那儿的学生，他对那儿的生活和教学绘声绘色的描述让伊曼纽尔很想立刻认识那位中学主任，他打定主意近期内一定要去拜访他。

这时候，结了婚的女人们拿来了一篮一篮的食物，一些姑娘用篮子的盖子或者树叶传着三明治，另外一些姑娘端着一瓶瓶牛奶四处分发。木匠尼尔森负责倒着一大罐淡啤酒，一举一动很像个仪式的司仪，而织工汉森坐在高处一个不显眼的草丛里，和两个老妇人聊着天。

晚饭后，姑娘和小伙子们开始玩游戏，边跳边唱。

伊曼纽尔这会儿又成了一个人，坐在那儿手托着腮，有些心不在焉地朝下看着，脸上带着微笑。年轻人欢快的声音将他的思绪吹到了水面上——飘到更远的地方去了。

他想起了童年时代的家，不快乐的少年时代，以及所有那些梦想。此刻他觉得——这些梦都实现了，他就在它们中间。这儿有他从没有想过的属于童年的欢乐。这里是他一直渴盼的希望之乡，淌着牛奶和蜜的地方。

他的眼睛搜寻着汉茜娜。找了好一会儿，他终于看见了她，和一群年长一些的姑娘们在一起，她们没有去跳舞而是待在那艘船边看着。她坐在船舷上，藏在别的人后面，微微转过头去，盯着远处水面的某处，似乎歌声也让她的思绪远远地飞走了。暮色已经很暗了，从伊曼纽尔的位置看过去，她的脸因为距离远看不太分明。但是背后紫色的水面清晰地托出她全身的剪影。

他看着她的侧影，上半身线条分明——一种担心突然袭上心头——担心，为了这种或那种的原因，她可能有些反感他。否则的话他不明白为什么她一整天都在小心翼翼地躲着他，甚至都不靠近他。她会不会有可能，对他的演讲很失望？他确实试过脑子里只想着她演讲过几次，他一直希望，不管别人怎么想，她都能理解他。而她会不会是唯一没有被他的话触动的人？

一些老人注意到他烦恼的表情，立刻同别的人说起来。他们猜想他可能是不赞成跳舞，于是悄悄地传话过去让年轻人停下来。而且，夜已经深了，聚会也该散了。地上升起了一层寒冷的薄雾，星星也隐没不见了。

几个老人站起身开始离开，别的人也陆续走了。他们总的来说有点儿失望，因为伊曼纽尔没有说话，也没有讲个故事什么的。老艾里克，坐在那儿——像一个真正的门徒——每当出现片刻安静，就会抬起头期盼地盯着伊曼纽尔的脸，像一个希望听到所有小精灵和仙女故事的孩子。尽管有些失望，他们还是走过去和他握手，诚心地感谢他来做伴。

大伙儿都散了，只有汉茜娜挽着她红头发朋友的胳膊，沿着海边消失不见了，她要陪安娜走上一段路回她"狩猎人的小屋"，乡下人都满意地这么叫给看守的人提供的简陋小屋，它在教区南边角落的一片小林子里。

第七章

几分钟以后伊曼纽尔站在了一个小山丘上，从那儿往北有一条路通向韦尔比村。他摘下宽边帽，用手在眼睛上搭了个凉篷，听着远处的人们一路唱着歌回家。

最后歌声消失了。他又独自一个人了。他的四周，大地像沙漠一样寂静。头顶是浩瀚的苍穹，闪烁着星星的微光。无情的寂静笼罩了一切，好像一切生灵都变成了石头。

他感到自己突然像被关在了一个辉煌的天堂之外……他不情愿地望向韦尔比村，远处高耸的牧师宅邸花园隐约可见，在最后一些微弱灯火的映照下，好像一团团黑暗、险恶的乌云。

他往前走了几步，但是感到很累很疲惫，需要在路边的一块石头上坐下。整个晚上他强忍的压迫感，在这个孤单的时刻，像一头失控的野兽压在他身上，又完全控制住了他。他并不懊悔自己所做的一切。他只是感到如此难耐的孤单，这种无家可归、被遗弃的感觉！现在这世上再也没有一个地方他可以声称属于他——没有一个人可以给他安慰和支持。如果他有一个家，在那儿他战斗后可以得到休息和平静；如果他有一个善良忠诚的妻子，能够分享他的胜利，分担他的失败——那么为了自由和幸福战斗将会是他生命中快乐的事。但现在他是空手在荒地上奋斗。没有安慰，没有避难之所！

他坐在那儿，瞪着空中，嘴上反复念着一个名字……汉茜娜！他强迫自己摆脱思绪。梦想！他低声说道，站起身。他眺望着峡湾，站了一会儿，现在峡湾也被笼上了一层淡淡的、灰色的薄雾。接着他慢慢地继续往前走。

但是他没法不想汉茜娜。似乎他所有的不安、沮丧和恐惧最后都化作一个问题：为什么她要躲着我？我身上有什么赶走了她？……他越想就越觉得这个问题的答案预示着他整个的未来；在这种不确定的状况之下他绝对没有办法开始战斗。他停了下来。

今天晚上他一定要弄明白。他记起看见汉茜娜和她的朋友沿着海边走了。所以她一定会返回。她不会抄近路，穿过沼泽地和水路回村子。她因此会回到聚会的地方。他还有可能在那儿遇见她，和她谈谈，不被人打扰；让她告诉他她对他有什么不满，为什么她要躲着他，他对她做了什么……

他转过身往回走。担心可能太迟了，他加快了脚步，在昏暗的光线里跌跌撞撞绕过路上的石头，几分钟后又再次回到了"教堂"。

突然他站住了，心脏也停止了跳动——那儿是她，正朝他走来，不到一百步远，在夜色里身影令人惊异地高大，像一个幽灵和雾蒙蒙的峡湾融合在了一起。

她沿着水边慢慢地走着——像一个渴望孤独的人——轻轻地哼着歌，眺望着峡湾。

突然她停下来，两只手捂在了心上——她看见他了。

他慢慢地走过去，好让她有时间认出他来；当他走到她身边，他抬了抬帽子致意。

"别害怕，汉茜娜……您瞧只有我。我希望没有打扰到您。我不会伤害您的，您可以放心。"

看到她那么惊慌，他不由自主地说了最后几句话。她站在那儿好像变成了一块石头。她脸色苍白，浓密的眉毛下一双眼睛盯着他，带着一种好奇又吃惊的神情。

不知如何是好，他仔细地解释了自己为什么会出现在这里。他说看见她和朋友走了；因为一整天都没能和她说上话，他决定来见她，和她稍微聊一聊。

她依旧站在那儿，像哑巴了似的，一动不动。脸像戴了面具一般没有表情，她瞪着他，眼神有些害羞，又带点儿威胁，像一头受伤的小鹿。

"我亲爱的汉茜娜！"他喊道，"您千万不要因为我叫住您而生气。我向您保证，您一点儿也不用害怕我。我只是想跟您说

'您好',我说的这些话谁都可以听。我想您不怀疑这点吧?"

她还是没有说话。

血涌上了伊曼纽尔的脸。难道她真的不相信他?这想法太荒唐了,但他看出来在这个时候,在这么一个偏僻的地方来找她,这个行为有些欠考虑。所以他想要开个玩笑缓解一下。

他的声音里有一丝苦涩。

"好吧,我想我真的挡着您的路了。您一定要原谅我……这并不是我的本意。说实话,我没有想到这个时间、这个地点不妥当。但是,天啊!我不是您的牧师吗……我曾经想过我们是好朋友,不会误解对方!好吧——那么晚安!我猜您不会害怕和我握手吧?"

她慢慢地伸出手跟他握了握,又立刻抽回手去,简短地道了一声"晚安",转过身朝她来的方向走去。

伊曼纽尔站在那儿,惊呆了。他感到她的手冰凉,而且抖得厉害。她到底怎么啦?

"汉茜娜!"他喊道。

她好像没听见,加快了脚步。

"汉茜娜!"这次他用尽全力喊她,接着,她停下来,好像被抽去了力气。

他走到她身边,虽然她背对着他,但他立刻看出来她在拼命地忍住不哭出来。

"到底发生了什么事？"
他吃惊地喊道。

他的声音惊醒了她，
她试图跑开。但他拽住了
她的胳膊，把她拉了回来。

"不，不，您不能就这
么走了。到底是怎么回事
儿，汉茜娜？有人伤害您
了吗？您不相信我吗？我向您保证我是您的朋友。"

她想要拧过身去，可是他用一条胳膊环住她的肩膀，紧紧
地搂住了她。

"您现在这样子我不会让您走。您现在失去控制了。看在老
天的份上，汉茜娜，怎么啦？"

他手足无措。她生病了吗？他没有听见哭声，但他能感到
怀里的人因为激动在抖动。他到底该怎么做？

他的眼中涌出了同情的眼泪。他不能忍受看着她这么痛苦。
他自己的情绪也很混乱，以至于他也快要失控了。现在第一次，
他确定了自己对这个年轻姑娘的心意。他现在明白了——他爱
她！生命里第一次他感到爱的火焰在心中熊熊燃烧，控制了一

切感受。他爱她！他整个心灵都感到她是自己青年时代起一直梦想的人，他一生都在渴盼的人！

"放开我！……让我走！"她嘴里嘶哑地喊道。

但他抱紧了她。哪怕要他付出生命的代价他也不能让她离开。

"汉茜娜！"他强作镇定地说，但是他根本无法掩饰自己热烈的情感。

"不管我怎么做都不能安慰您吗？您不相信我？——您在生我的气吗？——您一定得告诉我，我一整天都在想这件事，因为您不愿意和我说话……而我这么想见您。您生我的气吗？您只要回答这个问题，我就让您走。您听见了吗，汉茜娜？不告诉我答案您不能走。您生我气了吗？"

"没有，让我走！"

但他没有松开手。她声音里的某种东西，他抱着她时感觉到她急促狂乱的心跳，突然让他明白过来。他一直视而不见吗？有没有可能她，也——这个想法像一阵狂风扫过他的脑海，他觉得一瞬间头晕眼花。他强迫自己镇定，怕吓坏了她。浑身颤抖，他朝她俯过身去，说：

"汉茜娜，您一定得再回答我一个问题。您一定不要生气……但是我有一种感觉，今天晚上上帝将我们联系在了一起，对不对？您不要再对我隐瞒了。您喜欢我吗？告诉我……您有一点点喜欢我吗？"

她拼命想要挣脱，发出了一声压抑的哭泣。但现在他两个胳膊都拥着她，他情不自禁地把她紧紧搂在怀里。

"是真的吗？汉茜娜……亲爱的，亲爱的汉茜娜，您有一点点爱我吗？"

她再也听不见任何话了。她无力地靠在他怀里，眼泪再也忍不住了，她哭得这么用力，全身都在剧烈抽搐。她因为羞愧和绝望，无法动弹，看起来好像她要跌倒在地，乞求身下的土地裂开好藏起她。

"好了，好了，别再哭了，我最亲爱的。现在一切都好了，不是吗？来吧，我们一起回家，和你 ① 的父母亲谈一谈……来吧。"

这些话惊醒了她。

"您不能和我一起去。"她急忙说，一只手挡着哭花了的眼睛。

"但是为什么？在我和你父母亲谈之前，你不想让任何人看见我们在一起？好吧，也许你是对的。那我们在这儿分开吧……天已经晚了。那么，晚安，汉茜娜！但明天我会去看你；然后我们好好谈一谈。"

---

① 这里他从正式的"您"换成了订婚的男女间使用的"你"。

她转身准备离开，突然，他叫住了她，用一种恳求的声音说："你不会不说'再见'就走吧？"

她转过身，机械地伸出一只手。他双手握住它，温柔地用嘴唇亲了亲。接着她的眼泪和绝望又迸发出来；她快速转过身，急匆匆地走了。

他站在那儿，一时犹豫不决。他真的就让她这么离开了吗？

他跟着她。

"汉茜娜……我最好还是和你一起走吧。"

"不，不。"她跺着脚，激动地说。

他不明白她，但是没有继续跟着。

"好吧，那么，我明天再来，"他在她身后喊，"明天我会看见你笑的，对吗？"

她没有回答，他只能听见她极为悲痛的呜咽声，然后她几乎是一路小跑，消失在山那边了。几分钟后，伊曼纽尔转过身朝向沙滩，惊讶又不愉快地看见一个穿浅色大衣的男人拄着一根拐杖站在不远处。他立刻认出是约翰森，知道按照约翰森往常的习惯，他这会儿是在山里转悠，寻找着落单的姑娘。

他决定装作没看见他。但是约翰森抬了抬帽子，喊道：

"一个令人愉快的夜晚，韩斯特德先生；美妙无比的夏天到了。"

第八章

第二天早晨，一团厚厚的乌云笼罩着韦尔比村的牧师宅邸，预示着即将电闪雷鸣。当伊曼纽尔比平时更晚下楼吃早餐的时候，他发现教区长和拉格希尔德小姐都不在家。跛脚的老佣人从厨房里走出来默默地给他倒茶，将茶杯推给他，从她的脸上他读到了自己的命运。教区长正不安地沿着栗子树大街来回地走着。浓浓的烟雾从他的烟斗里快速地冒出来，消散在树叶间，比语言更清楚地表明了他此刻的心情。汤内森教区长只有在情绪很激动的时候才会这么抽烟。早餐的时候拉格希尔德小姐直截了当地告诉他副牧师出席了会议厅的聚会；而在此之前，当他还在自己的房间（隔壁紧挨着厨房），他已经听见厨师和一个卖旧布的小贩在聊这整件事，因此女儿的话不过是证实了他的怀疑。

这时从路的那头走过来一个穿浅色大衣、戴着顶有蓝紫色缎带的硬草帽的男人。是那位助理教师约翰森。教区长看见了他，不耐烦地喊道：

"喂，今天有什么事？"

约翰森脱了帽子，露出满头鬈发，在几步外欠了欠身，说道：

"对不起，尊敬的牧师，我想要给一个孩子登记。"

"哦，是这样！那您为什么畏首畏脚的，好像发生了什么不幸的事？……是谁的孩子？"

"娜忒·安德森的。"

"又是一个没结婚的女人！……当然，到处都是堕落和放荡！挣脱每一种束缚，这个时代的口号嘛！"

约翰森不自在地四处张望。他不太确定这些话暗指谁；此刻他自己的良心在这一点上也有些不安。

"我希望，"教区长继续严厉地说，"约翰森先生，你能严格地培养学生们的道德观念。现在这比以往任何时候都有必要，因为集市上到处在宣扬放荡。放任一切。必须坚守一些重要的道德准则。"

"我想我可以向尊敬的牧师您保证，这个方面我一直竭尽所能。我一直在强调孩子们的责任感。但是——嗯——这方面好榜样非常重要。不幸的是，坏榜样总是有很大的影响力。"

"是的，当然，"教区长有点儿吃惊地答道，仔细看了看他，"你在想什么？你在特意暗指谁给会众立了个坏榜样吗？"

"老天爷在上，尊敬的牧师，我绝对没想特意指责谁。我的意思只是——总的来说。"

"胡说！不要拐弯抹角——把你的意思说清楚。你认为谁是会众里的破坏分子？快，说呀！"

"嗯！您误会我了。我的意思只是——泛泛而谈——"

"我再说一遍，不要糊弄我！回答我的问题！"

"我向您保证我的本意只是——只是——举例说吧，一个身为副牧师的人，也许，为了大家的利益，应该更当心他的行为举止。如果不这样，很多事容易引起误会。"

"副牧师！"教区长喊道，皱起眉头，从头到脚地看着约翰森先生，"你怎么会想到提起韩斯特德先生，他和这些有什么关系？我想，你不会打算指责他行为不得体吧；得了，说出来，把你的意思说清楚！"他怒气冲冲地跺着脚。约翰森先生像一条被捉住的虫子那样扭动着。他本打算用前一天晚上不小心偷看到的副牧师的私事来转移教区长对他自己行为不检的注意。但他只打算让教区长心里暗暗地有些怀疑，并不真的想站出来指责作证。

现在他作茧自缚，明白最好是告发韩斯特德先生，左右权衡后他屈服了。他直起身，微微向前弯了弯脖子，好像要消除最后的顾虑，说道——

"好吧，我认为——那是——我想那对人们来说不是一个好的榜样：深夜的时候，在一个偏僻的地方，我看到韩斯特德先生非常温柔地对待这个教区的一个姑娘。"

教区长的脸一下子变得灰白。他再一次从头到脚的打量着助理教师，最后说道："谁看见的？——回答我！"

"我亲眼看见的，尊敬的牧师！"

"你！……是深夜，你刚才说？"

"十到十一点之间。"

"在一个偏僻的地方？"

"在哈默湾那儿……大家叫'教堂'的地方。"

"你肯定你一点儿没看错？"

约翰森先生点了点头，尴尬地看向一边。

"不可能会看错，尊敬的牧师！"

片刻的沉默后，接着教区长说道："你能告诉我什么时候——我的意思是你说看见韩斯特德牧师的事是哪一天晚上？"

"这一点很容易，就是昨天晚上。"

"昨天！聚会后！这样我们就可以解释了！"他喊道，没注意到自己在自言自语。接着他严肃地看着助理教师，说道：

"你告诉我的事，约翰森先生，目前只限于我俩知道。你明白吗？"

约翰森先生欠了欠身。

"我会调查这件事，我告诉你如果你跟我说的有一丁点儿不准确，我都会对你不客气！……你刚才提到的那个孩子我会登记的。你带着文件吗？很好！今天之内都会办妥。"

　　不久后，他从阳台进了屋，穿过空荡荡的餐厅，推开了厨房的门，用一种响彻整个房子的嗓门喊道："你在吗，洛娜？"

　　"在。"地下室传来一声含糊的回答。

　　"去找一下副牧师，告诉他我想和他谈一谈。我就自己的房间。让他马上来。我等着他。"

第九章

教区长背着手在房间里来回走着，这时，伊曼纽尔敲了他书房的门，没等他回答，迅速地走了进来。

"您有话想和我说，先生！"

教区长没有回答，也没有停下脚步，只是挥了挥手让他坐下。

伊曼纽尔坐在了门边。他挺起头，交叉着双腿，右手插在扣得紧紧的大衣前胸那儿。他防卫性的姿势暴露了内心的激动。他苍白的脸颊上不时地掠过热病似的红斑；眼神呆滞、忧心忡忡，似乎一夜无眠。

教区长保持沉默，屋子里唯一的声响是他靴子发出的咯吱声。伊曼纽尔换了一种姿势，手插在头发里，最后，紧张又不耐烦地喊了起来：

"我猜您想和我谈一谈昨天我在会议厅的演讲吧。当然，我后悔事先没有找机会告诉您我的打算。我曾经想这么做，但是——"

教区长飞快的一瞥让他的话顿住了，他终于在窗户边停下来。

"我们稍候再讨论那件事。我听说，您尽管担任着现在的职务，但依然觉得在织工汉森的马戏团作为一位流浪明星出现是合适的，换个时间您要向我解释为什么这么做。同时，我想问一问您另一件事。我刚刚得知，"他继续说道，背着手慢慢走到伊曼纽尔的面前，眼睛闪着光——"我刚刚得知，先生，相比别的方面，有一件事您本应给这个地区的年轻人树立一个杰出的榜样，但是，您的行为，使整个教区的会众蒙受了耻辱。简单地说，韩斯特德先生，您是不是真的，和这个地区的某个年轻姑娘在夜晚幽会了？"

伊曼纽尔站起了身。先前脸颊上的红斑现在布满额头和太阳穴，他满面通红。

"谁说的？"

"那不重要，"教区长凑近他的脸喊道，"确实有这件事吗？我想要一个简短明了的回答，先生。所以——是，还是不是？"

伊曼纽尔紧咬住嘴唇。拼尽全力他才没有对教区长出言不逊。

最后他说道——

"如果某个姑娘指的是安德斯·约尔根的女儿——而不是指别人——是的，在一定程度上没错。"

"哦，确有其事！那么您承认了？"

"是的，我和她已经订婚了。不会给教区会众带来任何丑闻，无论如何，只在昨天晚上我才第一次和她单独说话。而且，现在我明白了，这件事并不是没有目击者。约翰森先生也在场。"

教区长后退了一步，接着又是迟疑的一步。他瞪着副牧师，背着的手落下来松松地垂在了身体两侧，似乎马上要脱口而出问他是不是疯了。

"您说什么？……您和安德斯·约尔根的女儿订婚了？"

"是的。"

半分钟里，教区长脸上的表情极其丰富，最后是惊愕夹杂着深深的怜悯。

伊曼纽尔的脸色这时候不像一个喜悦的、刚订了婚的男人。他颤抖的五官和忧心忡忡的眼神表明，尽管他尽力掩饰，他的心中正经历种种挣扎，刚产生的疑虑和担忧更是让他心烦意乱。

长久的沉默之后，教区长走近他，小心翼翼地把手放在他肩膀上。

"韩斯特德先生，"他低声地说，"我必须和您说几句话……不是作为您的上级，而是作为一个真正的、像父亲般的朋友。也许，以您现在的心态，您很难这样看待我，但是我向您保证我是这么做的，而且只是出于您的利益考虑。不，不，您不要打断我。一定要让我把话说完。我必须——您在听吗？您不知道您现在在做什么。您病了，被甜言蜜语哄骗了——引诱了——我不知道发生了什么。但我真的请求您，凭我目前对您的哪怕一丁点儿的影响，在事态发展之前好好考虑清楚。您听见了吗？您必须要，一定要想清楚！上帝！这一切怎么会发生的？您的理智去哪了？您有没有想过您的家人、您的朋友、您的整个阶层会怎么说？仔细想一想，韩斯特德先生……想想您将要面对的，一定好好考虑您所冒的险——"

伊曼纽尔后退一步，甩掉了教区长的手，大声说——

"我不能允许您这样说，您没有权利在这儿评价我的行为、我的快乐，或者我的幸福，再多说什么都没有用！"

教区长咬住嘴唇，犹豫不决地站在那儿看着他，宽阔的胸膛起伏着，脸涨成紫色，看起来好像被一腔激烈的言辞噎住了，接着他转过身，慢慢地走到窗户那儿，看着窗外。

足足两分钟，房间里一片死寂。

伊曼纽尔最终打破了寂静——

"您还有别的话要和我说吗，先生？"

教区长转过身。

"是的，韩斯特德牧师！"他强作镇定，"我觉得我有职责再一次更加严肃地告诫您，不要走这凶险的一步。我接纳了您住到我的房子里来，我不能冷眼旁观，看着您做出伤害自己和别人的事。当然，我不怀疑您的所作所为是出于最好的动机，"他继续说着，走近了一些，"您当然确信这会让自己幸福，让那个年轻姑娘幸福。但您是一个梦想家，一个浪漫的梦想家，韩斯特德先生。我早就发现了这一点。很不幸您的血液里继承了一种不切实际的渴望，这使您像一个盲人一样沿着前途未明的道路行进。看一看真实的自己吧。扯下把您眼睛蒙住的梦想的绷带吧，眼前的深渊会让您颤抖，您已经被引诱到它的边缘了。凭您的才能和能力，怎么会这样，居然被蒙蔽到这种境地？别人该怎么相信，别人该怎么想您，韩斯特德先生？"

"我不想讨论这一点。我只知道我不会后悔我的行为并向您妥协——不管是哪一种行为。我去斯基博卢卜的会议厅演讲，是经过仔细权衡和考虑的，我没有理由希望它没有发生。昨天，我觉得第一次会众和我融为了一体——如果，先生，您也在场的话，一定会承认双方都很满意。"

"我随时准备相信这一点！"教区长火冒三丈，"如果您给孩子和农民讲故事，稍微奉承他们一下，他们马上就会满意，如果这是您的伟大发现，我必须说，您一直做得不赖。从前我应该教过您这一类的招数。"

"您错了，"伊曼纽尔神情庄重、克制地答道，"我不是靠讲故事或者奉承话赢得了听众，是凭我作为大家的一员这个事实，而不是作为审判罪人的法官。我的伟大发现是——如果您真的想知道——一个牧师应该有别的目标，而不仅仅是做一个天国的收税人，或者记录人们罪过的人——这一点昨天我已经得到了最大的证实。"

"啊哈！所以这就是您发现的咯！所以您已经坚信无疑了，我马上会从您口中听到织工汉森的那一套！您真是个一厢情愿的好学生，韩斯特德先生。如果这是您的态度，我想我不必浪费口舌来让您恢复理智了……那么，我猜，您已经准备好，"他继续说道，抬高了嗓门，走得离伊曼纽尔更近了——"您对我之后要采取的行动也有准备了咯？简单地说，韩斯特德先生！您现在必须做出选择——我，还是织工汉森！"

"至于这个……我已经做了选择。"

"确实！非常好！您说得很大胆！……但是——您真的明白这意味着什么吗？您没看出您和我在这里共事的时光已经结束了吗——成了不可更改的过去，您明白吗？"

"我想过这一点。但从现在开始在教区我有自己的工作要干——而那些工作，跟我是不是您的副牧师没有关系。"

"瞧一瞧！这可是有准备的进攻！是直截了当的宣战！您在我的会众里挑起了一场真正的战斗！"

"哦，不全是！就我而言，我只希望能允许我平静地做我想做的，尽我所能做一些对别人和我自己有益的事情。"

"但我不会就此罢手的！在这里我们不会轻描淡写地就这么算了。我不会让人这么牵着鼻子走——想都别想。这将会是一场力量和身体的选拔赛——您最好别太有把握！是的，看我的吧！把您自己和我放在一起掂量一下，年轻人！这可能会让您恢复一点儿理智。第一斧砍下去，老树是不会轻易倒掉的——有时候倒是刚长成的树受不住这一击；您会体会到的！昨天您已经演讲过了，韩斯特德先生！今天轮到我了！"

第十章

几分钟后，教区长猛地推开会客室的门，拉格希尔德小姐正好从餐厅进来，手里捧着一个装满黄色鲜花的大瓷盆。

她穿着一件宽松的粗条纹晨袍，腰上系着一根腰带，裙摆很长，坠着流苏。头上戴着一顶柔软的、扁扁的灰色毡帽，上面唯一的装饰物是一网垂到身后的白色面纱。她像往常一样苍白，但是鲜花给她脸庞的下半部投上了一抹亮色，好像她捧着的是一盆阳光。

"到底发生了什么事？"她问道，父亲脸上怒气冲冲的表情让她很惊慌，她站在屋子中央笨重的桃花心木桌子旁。

"问得好！要我说，我想这个世界刚才四分五裂了！人们都像着魔了——都发疯了。"

"究竟怎么了？"

"哦，只不过是我们的朋友，韩斯特德先生，竟然糊里糊涂地订婚了！"

拉格希尔德小姐连忙放下花盆，一点水溅出来弄湿了旁边的插图书。

"您说什么？……韩斯特德先生！"

"是的，就像我站在这里一样千真万确。但你绝对猜不到谁是那位姑娘，拉格希尔德！"

"她是——她是这附近的一位小姐吗？"

"她是这附近的没错；但她绝对称不上一位小姐。她是斯基博卢卜村安德斯·约尔根的女儿。你怎么看这件事？"

"老天！真的吗！"

"你说的没错！"教区长喊道——像往常一样，他迈着吱呀作响的步子在房间里走来走去，"真的，真不知该怎么想我们现在生活的疯狂时代了。好像所有的常识都消失不见了。所有方面我们都对平民鞠躬致敬……崇拜农民，这段时间似乎很盛行，就像瘟疫一样。我们究竟该怎么解释这个事实——到目前为止一直理智正常的人，没有任何明显的理由，突然完全地着魔了？即便是我自己的同学，现在都已经是老人了，也突然变成了傻瓜，穿着家纺的粗布衣服，像农民一样讲话，让女儿去给奶牛挤奶！现在又出来了这个！完全精神失常了！你会看到，拉格希尔德，事情不会就此止步的！这些只是愚蠢的开始。别的还会接着来的。韩斯特德先生已经失去了健全的理智和判断力了，接着会像别的人那样，被新事物吸引、目光短浅，想象他在这里有一个使命要完成。根据现在的时髦做法，他会成为新时代的预言家，建立党派，领导暴乱。"

拉格希尔德脱下帽子，像一个梦游的人迈着机械的步子走到窗边。她坐下来，好像累垮了，盯着外面的院子。当她看见父亲停在一个角落里观察她，她倒在椅子上，言不由衷地说——

"嗯，可以说从韩斯特德先生最近的转变来看，这事一点也不意外。早就能看出他会变成这个样子。"

"这也是我多多少少忍不住自责的原因，拉格希尔德。我从一开始就应该对他严加管教。谁知道——也许那个时候还能挽救他。我开始确实有些怀疑……但毕竟，他是个成年男人，不可能像对待病人那样对待他，除非你能确定他得了什么病。但我现在一点也不怀疑——他疯了——完全失去理智！现在回头看，我都能看见他的病是怎么发展的，一步一步，从他走进我们的房子开始。是母亲的疯狂传给了儿子。他母亲年轻的时候，我相信，曾在公开的集会上做了一次极为激进的演讲，闹了个大丑闻。而且——很奇怪——我听说，她一度想在我们这里实施她疯狂的想法，她的这些事情都是彼得森牧师告诉我的。事实上她是我们所有烦恼的源头，桑丁基中学的发起人。这样说来，真的可以说，韩斯特德先生是他母亲年轻时代愚蠢行为的牺牲品。但现在的世界就是这个样！"

拉格希尔德小姐没有听她父亲说话，她也没注意到他离开了房间，把自己关进了书房。

她无法理解为什么这次订婚给自己留下了这样的印象。她觉得自己并不感到失望。事实上，她对韩斯特德先生的兴趣最近在下降；他和一位乡下姑娘订婚也没有提高他在她心目中的地位。她认为有些人无法控制地偏爱所有不发达的、不重要的、孩子气和简单的东西，这真的很可悲。

同时，她感到似乎由于这件事，她身体里的灯又熄灭了一盏；好像在她的心里又多出来了一个空洞。她感到自己又失去了一位朋友——这位朋友，从某方面来说——是她唯一的朋友。但——更糟的是——在这片孤单忧郁的荒野——她失去了一位有同情心的受苦的同伴……还是不仅仅如此？

她看着她的老朋友，鹦鹉玛士撒拉——他在环上摇晃着，梳理着他的绿色羽毛。唉！她和她的鹦鹉又变得孤孤单单了！但是说实在的，她目前的伙伴还不错，她不太可能羡慕副牧师的那些新朋友。

她正要伸出手去抚摸鹦鹉，突然听见走廊里响起了咯吱的脚步声。毫无疑问——是副牧师从他的房间下楼来了。

她坐在那儿没有动，眼睛盯着自己的腿，内心激烈地斗争着。然后，她站起身，快速走过房间打开了门。伊曼纽尔头上戴着帽子，握着雨伞站在那儿，正准备出去。看见她，他的脸变得通红，眼里闪现一种挑衅的神情。似乎他正要武装自己来应对意料中她的嘲弄，时刻准备反唇相讥。她友好地朝他伸出手。

"爸爸告诉了我您的消息，韩斯特德先生。我衷心地祝贺您！"

他怀疑地看着她。

"我不认识那位年轻姑娘，"她继续平静地说，"但我记得好几次听人对她大加赞扬，所以我不怀疑她会让您幸福的。"

听完这些话，伊曼纽尔——可能有些犹豫地——握住了她柔软、白皙的手，而她任由他握着，他于是热情地握紧了它。

"谢谢，真的非常感谢您，拉格希尔德小姐，"他说道，因为喜悦和惊讶感动不已，"您不知道我有多开心，所有的人里只有您理解我！"

"嗯，我也许比大多数人有更多的机会这么做吧。"

"您确实有——您确实有，拉格希尔德小姐！"

"我的意思是——我们曾经讨论过所有话题。因此您知道很多方面我们的观点不一致。但是我希望您相信，我总是尊敬那些有勇气坚持自己观点的人。"

"恐怕我作为一个学生没给您怎么争光，拉格希尔德小姐！"

"哦！这一点上我可没法自夸——我猜您现在正要去见您的未婚妻吧？"她急促地问道。

"是的。"

"那么代我向她问好，向她表达我最热切的祝贺。"

第十一章

汉茜娜也一整夜没合眼。昨晚她回家的时候感觉有一些绝望；幸运的是，她的父母都已经上床了，所以她可以偷偷地溜回房间脱衣服而不被发现。她整夜蜷缩在床上，把被单的一角塞在嘴里，这样她绝望的啜泣声就不会被人听见。

虽然这样的情景：一个年轻牧师或者受欢迎的领袖在某个时刻——就像童话中的王子——和她相遇，爱上她，娶她做他的妻子，在一个乡下姑娘的现实生活是绝对不会发生的，是任何有理智的人都不敢奢望的幸福，但事实上，她并不是从来没有想过。因为自从她还是个中学生，在桑丁基参加了一个大型"互助会"，她就经常梦想这样的事情。而且确实没错，正像她的朋友们一再声称的，她梦想中的英雄在这个冬天里已经渐渐地变成了副牧师的模样——但是昨晚她和伊曼纽尔碰见的时候，她一分钟都没有想过他说的话并不是因为可怜她，她觉得他那么说是作为牧师，想要安慰她，和她讲道理来规劝她。所以她现在巴不得自己死了。整晚，她躺在那儿，因为担心即将来临的一天而发抖，她不能想象在这么屈辱地泄露了自己的秘密之后，她怎么还有勇气再看着人们的脸。

尽管如此，当黎明破晓，窗外传来花园里鸟儿还有些睡意的鸣叫，她镇定下来。她打算冷静地按副牧师说的去做，不管发生了什么事。

她越清晰地回忆起昨晚发生的事情，她就越强迫自己不去回想副牧师真的请求她嫁给他。她记得他抱着她说爱她时那温柔的嗓音；记起他怎样用手帕擦拭她眼泪汪汪的脸颊和眼睛，恳求她别哭了。那时候他还告诉她说今天他会来见她的父母亲征求他们的同意。

她又开始哭起来。她越来越没办法解释他为什么会求婚。

她究竟该怎么做？哦！如果没有和安娜顺着海边走回家，这样的不幸就永远不会发生！

最后她打定主意向母亲吐露这个秘密。她一听见隔壁父母住的房间里有了响动，立刻起床穿戴好，并仔细地用海绵洗掉了脸上昨晚纠结的所有痕迹。但是她干得并不成功，因为当她走进厨房，正在忙着生火的母亲一看见她立刻喊道："天啊，孩子！出什么事了？"

开始汉茜娜什么也不肯说，只顾忙着从架子上取牛奶盘。但她母亲看出这一次她的沉默和往常的沉默寡言不一样，于是继续追问她，最后几乎发火了，抓住汉茜娜的胳膊逼着她开口；最后汉茜娜一脸固执，告诉母亲前一天晚上她在海边遇见了副牧师，他——他——

她说不下去了。

"哦，那然后呢？快告诉我，亲爱的孩子！"她妈妈说道。

"他——他请求我嫁给他！"她最后喊出来，一头扑倒在椅子上，伤心地呜咽起来。

母亲惊讶地握住汉茜娜的双手，很长一会儿说不出话来。

"那不可能是真的，汉茜娜。"最后，她说，声音低得几乎听不见，好像在忏悔一桩罪行。

女儿没有回答，仍旧在那儿无声地啜泣，母亲继续说着——脸色苍白，似乎马上也要哭出来了："谁听说过这种事啊，汉茜娜！——如果我能搞明白到底是怎么回事就好了！谁会想到我们这么倒霉！——大伙儿该怎么说这事儿！太可怕了，汉茜娜！"

这会儿，安德斯·约尔根拎着两个锡桶，咔哒咔哒地从院子里走进来，准备给小牛犊送些奶过去。

"这儿怎么啦，大伙儿？"他操着清晨带劲的大嗓门喊道，伸直了胳膊把两只锡桶举得离自己远远的。

当他最后从埃尔莎结结巴巴的讲述中搞明白状况，他也拉长了脸。事实上，他已经养成了习惯对妻子言听计从，但在心里他并不十分清楚这有什么好哭的。他宁可把这件事看成喜从

天降，但是在埃尔莎没有点头之前他很小心地不发表自己的看法，因为他对自己的判断力不是很有把握。

现在他站在那儿，瞪着他好奇的金鱼眼，转动着蓝白色的瞳仁，优柔寡断地一会儿看看妻子，一会儿看看女儿。她们俩谁也没吭声，最后他忍不住了：

"好了，但是——好了——这究竟是怎么回事儿，汉茜娜？"

"我不知道。"汉茜娜有些恼火地回答。

她的头还靠在胳膊上，但已经不再哭了。父母一起哀叹的样子开始伤着她了。

这时候，她母亲走近她，小心地把手放在她的肩上，说："好吧，告诉我，汉茜娜，你也喜欢他吗？"

开始她没回答。但她母亲又问了一遍，同时她的手轻轻地——好像原谅她似的——摸了摸她的头，她咕哝道：

"我想是的。"

"因为这是整件事的源头，我的孩子，你们都觉得这会让你们幸福。虽然别人很难理解——反正都已经这样子——就没什么好说的啦，我们只能祈祷上帝给你们赐福吧。"

"给你们赐福。"她父亲热切地回应，脸上露出了开心的笑容。

"现在，如果大伙儿对这事儿不乱嚼舌头就好了，这是我最担心的，"埃尔莎说着，一边用围裙擦掉一滴眼泪，"会有很多难听的闲话的，不过没关系，也许有些人要说我们对副牧师的事这么热心就是为了把他骗到咱们家来。但我们不用劳神担心这个。"

"哦，他们没有什么好说闲话的，"安德斯小心地试探着，"我想大伙儿现在已经足够了解副牧师啦。"

埃尔莎从来都不把他的想法当回事儿，现在对他的话也不在意，只是若有所思地静静地看着她女儿，很困惑。

过了一会儿，她有些害臊地说："那么，也许他——你的——我是说副牧师他，今天会来这儿。"

"他说他今天上午的时候会过来。"汉茜娜咕哝着，和刚才一样，没有抬头。

"嗯，那样地话，得准备起来了，他来之前我们得把家里收拾一下。我们肯定不想让他觉得自己不受欢迎。你，安德斯，一定得穿得像样一点儿——等你喂完牲口后。"

"我！"他吃惊地低头看了看自己灰色的打着补丁的粗布衣服，上面沾着草屑和谷壳，都起了毛球。

这个早晨很忙乱。因为刚好是礼拜一，他们手头积压了很多前一天礼拜日留下的活。奶油等着要搅拌，一大盘的乳清要凝固做成乳酪，还有半头猪要腌好。除了这些，衣服要拿去漂白，牛棚里一头生病的母牛每隔一小时还要挤奶。

埃尔莎知道今天她不能指望汉茜娜帮多少忙，而她自己心里乱乱的，也不知道该怎么给大家派活儿，于是叫人送信给一个农场帮工的妻子让她过来帮忙。她立刻赶来了，但是到了节骨眼儿，埃尔莎却不肯告诉她实情，尽管那个女人好几次想套她的话，最后她只好直接问他们是不是在等什么人来。

"是的，可能有人要来。"埃尔莎敷衍地说完，去了放腌制食品的地窖。

与此同时，汉茜娜在马厩里找到她弟弟欧雷，叫他用最快的速度跑去小林子那儿请安娜一定马上过来，告诉她汉茜娜早上有话想和她说。欧雷对早上的这阵忙乱不明所以，答应立刻帮他姐姐去送信，一分钟后，她看见他快步跑过小山岗去了。

她不安地等着她的朋友，坐在自己房间的窗户边免得被人打扰。汉茜娜瞪着哭肿了的眼睛，看着阴凉的小花园。草地和小路上，太阳蛋形的光斑像蜗牛似的从西向东慢慢挪动——她不能明白这个世界怎么还在照常运转，就跟什么都没发生似的。母鸡四处安详地踱着步，在醋栗丛里翻啄着泥土；喜鹊从一个树梢飞到另一个树梢，拼命地叫着，和昨天一样。堤坝后面她能看见那匹棕色母马的后背在阳光下闪闪发亮，它站在那儿一动不动，就那样被太阳一直烤着；她觉得像这样的动物该多幸

运。没有悲伤，没有恐惧，它不知道存在着这种可怕的苦恼，能让心脏激烈地跳动，直跳得全身都疼。

最后，她朋友来了。汉茜娜坐在床边，好不容易忍住眼泪，有些害羞地拐弯抹角跟她吐露了前一晚发生的所有事情，同时让安娜庄严地发誓绝不会跟任何别的朋友泄露秘密。

安娜并不像汉茜娜想的那么吃惊。她十分惊喜自豪地拥抱了汉茜娜，大胆地宣称自己早就料到了这个。事实上，她有一天晚上做梦看见汉茜娜穿着婚礼服和一个男人在跳舞，而那人就是副牧师。此外，她补充道，既然现在到处宣扬平等和友爱，将来这样的事也不会是稀罕事儿；所以，这件事，汉茜娜不必过于烦恼。但是要消除汉茜娜的顾虑可不那么容易。虽然她的朋友为她打气、用胳膊揽着她的腰、向她描述等待她的灿烂未来，她还是心不在焉、焦躁不安；副牧师可能会出现的时间越来越近了。"我觉得现在我应该去厅里了，"她最后说道，站起身，"但是你必须和我一起去，"她补充道，一脸沮丧地伸出手去，这让安娜一下子笑出声来，"我敢发誓，我看副牧师把你的魂都吓掉一半了，我胆小的朋友！我真不明白你。你是从前那个拿针扎你都不眨眼睛的姑娘吗？"

"你说说倒容易。"汉茜娜叹了一口气。

接着的一个小时里，这对朋友坐在客厅的同一把椅子里，互相搂着腰。

安娜继续跟她描述光明的前景。当她的朋友天马行空的时候，汉茜娜偶尔勉强笑一笑；但大多数时候她都陷在沉思里，一听到院子里有响动就变得很紧张。

"我想我们现在得叫你'小姐'啦，"安娜逗趣她——"汉茜娜·安德斯小姐——听起来很神气！"

"哦，安静点儿，求求你！"

"你这样说话很合适，现在你马上要做一名牧师的妻子啦，但是我们这些可怜人会怎么样呢？我想不会有一名牧师来追求我，我可能不得不嫁给一个老教区办事员，或者鞋匠，或者——"

突然她们都吃了一惊。她们听见石阶上响起了靴子的声音，然后走到外面屋子里。她俩立刻都从椅子里站了起来。

第十二章

伊曼纽尔走进屋，看见汉茜娜的红头发朋友此刻站在她旁边，脸上立刻显出很失望的样子。但他马上掩饰了这一点，当安娜走上前满面红光地祝贺他——她的雀斑衬着红色的脸蛋都变白了，很明显——他诚心地笑着感谢了她。

接着，他走近汉茜娜，朝她伸出两只手，而汉茜娜茫然地站在那儿，盯着地板。她朝他——非常缓慢地——伸出双手，他温柔地久久握住它们，静静地看着她。她很清楚他想要她抬起头来，但是她做不到。当他最后松开她的手，她偷偷地瞥了她朋友一眼，欣慰地叹了口气——她一直担心他会亲吻她。这时候厨房的门轻轻打开了，她母亲走进来，系着一条刚熨烫好的棉围裙，头上戴着一顶小小紧紧的黑帽子。一开始她很不自在，又竭力想掩饰这一点，因此和伊曼纽尔打招呼的时候，她对待他的态度有一种怀疑的克制。

伊曼纽尔握住她的手说希望她知道自己来拜访的原因，希望她和她丈夫都能放心地把汉茜娜的未来托付给他。如果他们同意，他补充道，他会觉得人生第一次如此幸福。

埃尔莎的回答是同情地摸了摸汉茜娜的头发和面颊；然后，

由于她心里只要有事向来没法保持沉默，便说道："我们的确从来没有想过这样的事会发生——也从来没听说过这种事。我们一下子都蒙了。老话说得好，'门当户对''同样出身的孩子是最合适的玩伴'，您知道汉茜娜只是个平常的乡下姑娘。我猜牧师您的家庭没想过要娶这样的儿媳妇吧。没人愿意让自己的女儿在她婆家被人瞧不起。但是，事情已经这样了，也没什么好反对的，我们只想求上帝赐福。"

有那么一会儿，大家都没有说话。

安德斯·约尔根穿着深色节日礼服和白色长筒袜走了进来。他犹犹豫豫地站在门边，看着埃尔莎，好像等着她给他示意。最后他胆怯地穿过房间，说着"祝您好运，上帝保佑您"跟副牧师打招呼。

伊曼纽尔静静地握了一下他的手。

"副牧师您请坐。"埃尔莎说。

夫妻俩在房间里坐下，汉茜娜和她的朋友坐在窗户下面长凳的一端，伊曼纽尔坐在火炉边的椅子上。他感到受伤了，几乎有些生气。他觉得自己有资格得到更热情的款待。

埃尔莎开始谈论起天气，谈起人们盼着下雨，聊起草坪、春种，人们生的病，还有肯罗塞来的新教区医生。

伊曼纽尔只是用极简单的词回答她。

最后，谈话中断了，随之而来的是一种令人痛苦的沉默。

"我说，安德斯，"埃尔莎最后对丈夫说，"副牧师可能想看一看那些牛。"

安德斯·约尔根半站起身，他的眼睛发亮了。

"哎，也许牧师您想看一看那些牲口。"

伊曼纽尔同意了，欣然站起来，扣好了大衣，看起来好像打算告辞似的。

但这时候埃尔莎心急起来。她走近他，试着露出她从前屡试不爽的微笑："嗯，现在，我们想您能和我们一起过这一天吧？您恐怕得将就一下我们的粗茶淡饭啦。如果我们早一点儿知道，我们本来会准备一些更像样的。我们从来没想到汉茜娜能爬得这么高，找到一位像您这样的丈夫。但是心底里我们真的很开心，也感激这一切，您一定不要往别的地方想。您今天会和我们待在一起，是不是？"

"亲爱的埃尔莎，"伊曼纽尔说道，立刻就心软了，"从今天开始我肯定会开心地把这儿当成我的家的。我早就希望这么做——而且，从某种意义上讲，我也没有别的家了。"

"嗯，那么，我们衷心地欢迎您，"埃尔莎立刻恢复了她一贯的亲切口吻，拍着他的胳膊，"自从第一次见到您我们就喜欢上您了，千真万确。现在和安德斯出去转悠转悠吧。这儿没有什么了不起的东西给您看，因为您来的是一家穷苦农民的农庄，不过您早就知道的，我想。"

"不管怎么说，我都知道自己没有去寻求那种财富，像你们乡下常说的'大火一个晚上就能把它烧光'。"伊曼纽尔笑着说。然后他转向汉茜娜，补充道："你也一起去吗，看一看马厩?"

她没有听懂这里面的暗示，脸红了，瞟了一眼她母亲，说她要到厨房里帮忙。

"好的，好的，那么，待会儿见。"他点着头对她说。

第十三章

安德斯·约尔根和伊曼纽尔先去了马厩；马厩是新建的，正对着古老的客厅。那儿有两匹高大的红色瓦拉几亚马，和一匹毛发粗糙的小马驹。看到有人走近，它们都晃动链子，头伸到食槽里，发出温柔、响亮的嘶鸣。

安德斯·约尔根突然间活力充沛——让伊曼纽尔吃了一惊——开始详细地介绍起这些马匹的年龄、性格和血统。他非常自豪地解释说"那个小姑娘"——他指的是那匹小马驹——是"斯塔克德二世"的纯种后代，"斯塔克德二世"曾三次在罗斯基尔德的马展中获奖，胸前能赢得的奖牌和荣誉要比很多王子还多。

伊曼纽尔仔细地听他讲解，一边很有兴趣地看着马厩、相邻的谷仓和打谷棚里各式各样的器具。他仔细察看了脱壳机和扬谷机，询问了各种螺丝钉和钝齿轮的用途，初步了解了农业的一些基本奥秘，他小时候曾经拜访过一位住在加特兰德的叔叔，除此之外他再也没见过这些东西。

他们走进牛棚后，伊曼纽尔立刻注意到，紧挨着房椽下面的蜘蛛网中间有一个鸟窝，他们进来的时候，两只燕子刚好飞出巢去。

"哦，看那儿！"他开心地说。

安德斯·约尔根觉得这样兴奋的惊呼只可能是因为看见了他的牛群发出的，他的手重重地拍在一头健壮的牛背上，高兴地笑着说：

"给牧师瞧瞧你的肉！"

这些奶牛是安德斯·约尔根的心头肉。他养的牛膘肥体壮，在这一带很有些名气。自从开始养它们，他清楚地知道每一头奶牛产多少奶、体重是多少。他可以掰着指头说出这些奶牛吃了多少磅的糠、谷壳、干草和豆饼；这过去二十年里黄油、肉类、草料的价格——在这些话题上他雄辩的口才令伊曼纽尔吃惊；同时他非常专业地跟伊曼纽尔解释现代畜栏和人工饲养的知识，看得出他是现代养殖体系一名十分坚定地拥护者。

伊曼纽尔越听越吃惊。这位个子矮小、几乎半瞎、举止笨拙的男人——他一直以为只是一个头脑简单的乡下人——现在站在他面前，满怀激情，观点独立，富有远见，对自己领域精深的知识令他折服。

这一切更坚定了他的想法：农民们外表的羞怯与无助之下藏着希望被人理解的渴望，正是这种渴望使得他们想要被人欣赏，使他们遭受了不公正的对待；因此，任何人如果想要在他们中间做任何事，都一定得要从感情和心灵上和他们牢牢联系在一起，赢得他们的信任。

安德斯·约尔根因为伊曼纽尔对他的职业表示出的兴趣非常得意，谈兴越来越浓。他带着他转遍了所有外屋和粮仓，给他看谷仓、封闭的马拉打谷机，带他去了羊圈，去了加工食品的各个地窖——伊曼纽尔毫不反对地跟着他到处看。当他们走到猪圈，安德斯·约尔根热心地提议让他进去喂喂猪，伊曼纽尔把手放到他的肩膀上，笑着说："谢谢你，老兄，我得请你把这个活留到下一次。"

这时候，浅头发的小伙子欧雷出现了，说午餐已经准备好了。伊曼纽尔亲切地对着他未来的小舅子点点头，第一次仔细地打量他。他是一个面色红润、聪明活泼的少年，十五岁，个子很矮小，长得像汉茜娜，一脸天真。

"我们两个必须要交朋友。"伊曼纽尔说道，捏了捏他苹果般的脸蛋。小伙子张着嘴吃惊地盯着他，然后看看他父亲，伊曼纽尔刚说让他走，他就一口气从谷仓后面跑进酿酒房，咧嘴笑着把副牧师跟他说的话告诉了那个帮忙的女人。但那个女人，早已经猜出发生的这一切，嘟着嘴说："你就是个头脑简单的傻子，欧雷！难道你看不出发生了什么？"

然后，他明白了。他瞪着那个女人，脸涨得通红，转过身跑开了。当他母亲不久后走出来叫他去吃饭，他没有回答，也没有出现在饭桌上。

客厅里的餐桌上铺了一块干净的白色桌布，摆放着有鲜艳花朵图案的陶盘。桌子一端的位子是留给伊曼纽尔的。开始他试着让汉茜娜坐在他旁边，但是马上发现这不符合当地的风俗，这儿所有的农民家里有客人来吃饭的时候女儿是不上桌一同进餐的。所以他能做的只是在她进出厨房端菜的时候冲她点头。

他非常开心。昨天漫长的失眠之夜里一直困扰着他、令他恐惧的疑云早就消散了。他确信自己的爱能够打败恐惧和那些旧偏见，在他看来，一切都在冲他微笑，希望他快乐。

对于伊曼纽尔一直习惯的饮食而言，这顿饭称得上很节俭，他并不知道自己常吃的加奶米粥、煎培根和炒鸡蛋对于一户农民来说是节日才吃的盛宴。尽管如此，这顿饭在他看来仍然是最喜庆的。金色的阳光洒在桌布上，他第一次感觉自己真的在乡下。敞开的门外传来新鲜干草的味道，开始，一只白色的蝴蝶乘着温暖的微风飞进来——像一艘扬帆的小船——然后，进来了一直忙碌的小蜜蜂，屋子里响起了它愤怒的嗡嗡声，过了一会儿它也飞走了。

最后，一群母鸡被勺子和叉子的哗啦声吸引，也进了屋；它们一只只跳了进来，好像习惯了这么做，在桌子和长凳下啄着掉在泥地上的食物碎屑。只有那只趾高气扬的大公鸡待在外头，轻柔地叫着，像一位警惕的巡逻，一边鼓励着一边警告着它们。

吃完饭后，汉茜娜很累，不得不回房休息了。伊曼纽尔有些失望，他一直盼着能和她私下里谈一谈。但也只能在埃尔莎的陪伴下打发这一个小时，安德斯·约尔根赶紧趁着这个机会溜去了谷仓，拿一个木鞋当枕头在中午时分打个盹。

根据农村的习惯，埃尔莎带伊曼纽尔参观了整个房子。她带他看了厨房和酿酒房——在那儿农场帮工的老婆伸出湿淋淋的手和他握手，笑盈盈地祝他开心——然后她带他去了腌制食物的地窖和制作奶制品的房间，在那儿她拿了一小块刚搅拌好的黄油让他品尝。最后，他们去了"最好的房间"，那是一间孤零零的大房子，在农舍入口的另一边，四面蓝色的墙壁颜色有些脱落。房间里唯一的几件家具是一个双门的大衣柜，三只绿色画有图案的大箱子，里面装着他们的亚麻床单和桌布，还有家族传下来的东西。埃尔莎打开一只只箱子，伊曼纽尔看见了很多让他很感兴趣的东西。一些已经有一百多年历史的结婚时穿的裙子，三角胸衣，上面用黑德波 ① 针法巧妙地绣着名字和日

———————

① 丹麦一个因刺绣而著称的小镇。

期，每件衣服都需要辛辛苦苦绣上好几年；一些古老的用金线刺绣的帽子，另外一些帽子上则缀满了珠子，这些衣服都是他们祖上传下来的；祈祷书、鞋上的搭扣、链子，还有银纽扣。

埃尔莎特别得意地向他展示了多年的收藏：一捆捆的亚麻布、一包包家纺的布料、成捆的纱线；因为这些——伊曼纽尔不知道，也永远不会明白——是孩子们最重要的财产，因为这个农场一共租了三代，而安德斯·约尔根是三代里最后的一代。

"是啊，这些是我们攒下来的，"她一件一件展示着她的宝贝，轻柔地抚摸着它们，不无自豪地说，"可能它们算不上什么，可安德斯和我结婚晚，最开始几年钱挣得也少。好几年我们的收成不好，牲口和庄稼都闹了灾，所以有目前这个样子我们都挺欣慰了。我当初打算嫁给安德斯的时候，我妈妈还预言我们会住进贫民院或者遭到各种别的不幸，但是万能的上帝没让这些发生，我们心里感激着呢。"

摆弄这些积攒多年的东西唤起了埃尔莎很多从前的回忆，她告诉伊曼纽尔，安德斯和她年轻的时候在附近教区的一些农场一起干活，互相喜欢上了对方。伊曼纽尔满心敬佩地听着她有些羞怯地讲起他们当初怎么样和陌生人一起干了十五年活，顶住所有人的反对，终于攒下足够的钱盖了房子——想到自己在这对忠诚的夫妻年老的时候能成为他们的安慰和支柱，伊曼纽尔感到了一种新的快乐。

第十四章

这时候，他们订婚的传闻已经从牧师宅邸传遍了整个地区，中午的时候斯基博卢卜村的人们也听说了。开始人们并不相信，但是当他们发现副牧师上午已经去了安德斯·约尔根家而且一直没有出来，他们开始动摇了。过去的一个小时里，各种各样的脸，孩子的，还有大人的，都从花园的墙上和大门外往里偷看，想发现一些蛛丝马迹来证实这个传言。当埃尔莎和伊曼纽尔在那间最好的大厅里待着的时候，两个村民的妻子大着胆子去了酿酒房，和那个帮工的妻子低声地聊起来。

这样一来，传言得到了证实，整个村子都高兴了。现在谁也忍不住了，所有的人都趴在围墙上，想看一眼刚刚订婚的这对年轻人；埃尔莎和伊曼纽尔回到会客室，发现几个关系亲密的朋友已经坐在那儿，等着表示祝贺了。

很快，又来了别的祝贺的人，立刻，埃尔莎对大伙儿可能会说闲话和嫉妒的担心明显被证实是毫无根据的。他们都把这件事看成是对所有会众表示的尊重，不，甚至是对所有农民的尊重；是对前一天会议厅里结成的同盟一个活生生的证明。

汉茜娜，在第一个客人到来后从她的房间里出来了，她的

表现也很客气。她的朋友安娜不离她左右，一直保护似地揽着她的腰，脸上带着得意的表情，而她自己则有些害羞，怯怯地接受着朋友们的祝福，没有说话。

整个下午房间里挤满了自豪又高兴的村民们。不一会儿，他们不得不打开所有的门和窗户，给令人窒息的房间换一换新鲜空气。咖啡壶一个下午都在不停地煮着。最后，甚至织工汉森也来了，他扯着嘴角暧昧地笑着，和这一对年轻人打招呼。

接受了这么多人的祝贺，伊曼纽尔陷入了一种奇怪的心态，到目前为止他还没有和汉茜娜真正说过话，不，他甚至还没有从她的嘴里听到她同意的答复。他几乎有些嫉妒她那个大个子的红头发朋友了，她一刻不离地待在汉茜娜身边，像一个警卫，坐在那儿不停地抚摸着汉茜娜搁在腿上的手，好像她俩是订婚的那一对似的。他一直在想怎么样才能让汉茜娜摆脱她的掌控，让自己和汉茜娜单独待在一起。

最后他借着个机会走到离她足够近的地方，用别人听不到的声音问她，他俩能不能出去到花园里走一走。

她立刻站起身。但安娜也跟过来了。似乎她——汉茜娜最好的朋友——觉得自己有权利分享他们的秘密。这一次，伊曼纽尔差点儿失去了耐心，他们走了几分钟以后，他建议回客厅。

进门的时候，他拉住了汉茜娜的胳膊："我有话想和你说，汉茜娜。"

他看见她发抖了。这一次她明白了他的意思。片刻的犹豫之后，她从朋友的胳膊里抽回了自己的手，说道："你能进去帮我妈妈准备一下咖啡吗？我马上就来。"

一开始，安娜吃惊地看着他俩，接着，她的脸上露出了一个表情，表明她感到自己被大大地误会了。她一句话也没说，转身离开了。汉茜娜和伊曼纽尔慢慢地沿着刚才的路又折回去了。谁也没有说话。他们走到花园最远端的凉棚，那儿除了一只小金翅雀在树叶间鸣叫，谁也看不见他俩，这时，他握住了她的双手，站在那儿静静地看了她很久。她脸色苍白，有一两次羞怯地抬头匆匆地看了他一眼。她等着他先开口。但他只是温柔地、用探究的目光看着她，最后她不由自主地倒在了他怀里，闭上了眼睛，他第一次吻了她的额头。

第四部

第一章

聚会后的那个礼拜日早晨，威灵打开店门，发现同往常一样，一小群衣衫褴褛的可怜男人和女人们，大衣和围裙下藏着空酒瓶，站在台阶底下，不耐烦地等着小店开门。

他们默默胆怯地朝他行个礼，一个个偷偷走过他身边，颤抖着手把油腻的硬币搁到柜台上；这时候，店伙计从白兰地桶里盛出酒灌满了这些酒瓶，接着他们悄悄地走出去，匆匆地离开——各自穿过田间的小路走了。威灵穿着绣花拖鞋，一顶灰色的亚麻布帽子扣在他胖胖的头上，仍旧站在石台阶上。像往常一样，他的大拇指插在马甲的袖口处，手指一下下地敲着胸口，眺望着早晨的村庄。从他的门口他可以俯瞰整个村子；他能够闻到每家每户炉子上煮的和煎的东西的味道，立马判断出这些人家的咖啡豆或者调料是不是他的店里买的。韦尔比村只有七八户农庄和几个小农舍。农庄都按同一个式样建造：同样单调的黄色砖，一长排面向池塘的令人生厌的窗户，同样高高的水泥基座和石板屋顶。每一户的前面或者后面都有一个狭长的小花园，新栽了几棵长得像扫帚一样的树，既不能挡阳光又不能遮阴。几年前一个夜晚的大火把整个村子都烧光了。只有教堂、牧师宅邸和几处地势高的农舍幸存下来。虽然现在刚刚七点钟，但是阳光已经很毒了。天上一片云也没有，一阵微微的风卷起了一些灰尘，掠过村子和附近的田野。围着花园的堤坝上的草，尤其是牧师宅邸外高高的山楂树篱笆，看起来都像刷白了似的；村子池塘的水面上覆盖着一层油膜，在阳光下闪烁着彩虹般的光芒。一个男人站在大门口擦着马具；另一个农庄山墙的旁边，一个男人正在一边吹着口哨一边刷着礼拜日穿的礼服。每一个角落都看得出礼拜日节日的忙碌。

威灵没有被这种表面的无忧无虑所欺骗。他蓄着浅黄色络腮胡子、土豆般的脸上布满了紧张不安的神情；手指在马甲上敲着一支悲伤的曲子，他担忧地看了一眼牧师宅邸的红色屋顶——掩映在花园的树丛中，在阳光下庄严地闪着光。

唉，要是他能知道今天会发生什么该多好！如果能偷偷看一眼他高兴地叫做"暗淡未来的混乱局面"（读音低调、说法高调）的场景，他会很乐意给穷人们施舍一百个克朗来交换的。

毫无疑问，教区长打算运用他的一切力量来粉碎教区会众中的反叛精神——他已经在铁匠铺门前钉了一份通告，宣布今后由他一个人在两座教堂布道，今天先从斯基博卢卜教堂开始。但他会成功吗？农民运动已经进行到这个程度，教区长的反对会有效果吗？尽管他是教区长的坚定拥护者，但是想到即将来临的斗争，他的情绪变得低落了。

他走回店里，像往常一样，把他的不快发泄到店伙计身上，那是一个来自哥本哈根贫民区的瘦弱苍白的男孩，最近刚刚"按照全能的上帝的指示"——正如威灵所说的——委托给他照料，他也想在日报上把这件事当作广告宣传宣传。

慢慢地，顾客多起来，到了做礼拜的时间，店里已经挤满了人。大多数的人是来消磨掉一个小时的时间而不是来买东西的。这个商店对于男人们来说是个公共的聚会场所，他们一天里至少来一次，听听新闻，拿拿信，了解这一天的价格情况。

今天大家的情绪非同一般的低落。关于教区长和斯基博卢卜村的人们准备要干仗的谣言满天飞。有一件事很确定，教区长已经向主教大人提出了对伊曼纽尔的正式控诉，要求立即撤换他。任何人都明白斯基博卢卜村的人们不会对这一侮辱置之不理的。

根据有些人的说法，织工汉森恶意地笑着说除非教区长被赶出韦尔比牧师宅邸，否则这个教区不会有和平——只要织工汉森笑着保证的事他总会做到的。

威灵一边在柜台后做着生意，一边竖起耳朵听着各种各样的谈话。但是不管他还是他妻子——后者穿着一件粉红色的棉布裙像一道阳光出现在店里——都没有忘记他们的生意，从这些顾客身上挣钱。

在厚靴子、木鞋、粗嗓门发出的嘈杂声里，能听到威灵不断地在给那个手忙脚乱的店伙计发号施令："路德维格，给汉斯·欧雷森一镑的烟草——质量最好的那一种！半镑的糖果！量要足，你明白吗？对汉斯·欧雷森不要小里小气的，我说。"——或者是老板娘柔和动听的嗓音："我想我可以向你保证别的地方你花两倍的价格都买不到这同样的印花棉布。我们做生意一向讲究的是，我们自己挣点儿小钱，同时不让我们的顾客吃亏。"

门边一个男人喊道："教区长来了。"

聊天立刻停止了，所有的人都转到窗户边。

不多久，教区长乘着一辆敞篷马车驶过去了。马车里宽宽的座位上只坐着他一个人，志得意满地靠在椅背上。

第二章

这时候，孤零零的斯基博卢卜教堂外已经聚集了几百个人。那些古老的钟低沉的钟声很少——如果曾有过的话——对着这么多的会众鸣响；从来也没有哪一次的会众在任何情况下像今天这么严肃。孤单的教堂墓地里，人们像在集市上一样激动。人们聚集在墓碑旁；他们越过墓碑朝彼此大声喊着，到处都是嘈杂的人声，连钟声都几乎听不见了。

织工汉森在兴奋的人群里四处走动，静静地微笑着，像牛奶棚里的一只猫。他觉得今天自己控制着这儿的局面。平时斯基博卢卜的村民可能会对他古怪的做法发牢骚；但是一旦遇到麻烦，他们都会坚定不移地聚在他周围——到目前为止他也带领他们取得了一次又一次的胜利。传言再一次得到证实，今天他准备进行巧妙的一击。

最初，当教区长贴出通告明白无误地宣布他打算要全面开战，村子里就如何对付他意见很不一致。年轻人想完全不去教堂，就像他们之前做的，让教区长对着空空的座位暴跳如雷；然后，礼拜结束后，在路上轰赶他。但后来的一次会议上，大家决定采纳织工汉森的建议，在礼拜的当天聚集尽可能多的人来见证和反对教区长，假如他——据推测很有可能——采取不合规矩的举动。现在他们打算非常冷静专注地听他做布道。但教区长如果太过分了，他们会在接到一个信号后，全体起立，离开教堂；随后，向主教管区委员会递交有在场所有人集体签名的控诉。

钟敲响了九点，"死神"骨瘦如柴的身影从教堂墓园他望哨的那个角落走出来，迈着大步，穿过墓地。教区长的马车出现在视野里了。

片刻之后，钟又响了，女人们慢慢地排成一条纵队走进教堂。而男人们根据计划站在入口的两边迎接教区长，不向他行礼致敬。

这也是织工汉森的授意。"因为，"他说，"哪一条规定也没说人们必须向牧师们脱帽致敬。"

然而，第一轮小规模战斗没有成功。教区长从马车上下来，目不斜视地走进教堂去了，明显没有注意到人们的示威。确定的是，有一两个老农民，到了那一刻，失去了勇气；还有几个人的右手不由自主地举到一半想要脱帽行礼。

几分钟后，男人们还没有完全进入教堂，助理教师约翰森领头开始唱赞美诗了。虽然所有的人扯着嗓门唱，歌声听起来还不错。不管人们怎么说这个黑乎乎又破旧的教堂——织工汉森的会议厅里大家总是嘲笑教堂那股像地窖般的霉味，破旧的拱门——无论如何它让大家粗糙的嗓门听起来柔和了不少。

唱完两首赞美诗后，约翰森回到他高高的教堂长椅那儿坐下，教区长走下祭坛登上通往讲坛的台阶，他的体重压得台阶咯吱作响。

这时候，门口传来一辆马车停下的声音；教区长开始祈祷，教堂的门打开了，一个穿着黑色衣服的老人走了进来，胳膊上搭着一件驾车穿的白色亚麻布大衣。

这个人的出现在教堂里引起了巨大的骚动，就好像上帝本人出现在了他们中间。织工汉森靠在中间的柱子旁，这样一来每个人都能看见他，甚至他也差一点儿失去了自制，他一向冷静、聪明的猫脸上，嘴猛地张开，露出了吃惊的表情。

陌生人走近第一排长凳，七八个人站起身，像雕像一般僵硬地给他让座。但是他友好地微笑着，挥手示意他们待在原位，静静地走到本来就很拥挤的角落里，挨着一个健壮的农民坐下来。

教堂里唯一没有注意到陌生人出现和他引起的骚动的只有教区长。引导性祈祷结束的时候，他拿起了自己的书开始朗读这一天的内容。他提高了嗓门，声音里有一种兴奋而沉重的暗流涌动，像远处的雷电。

约翰森立刻发现了会众的骚动，他从教堂长椅那儿伸长脖子张望，刚好能看到那位陌生人，这个发现让他的鬈发几乎都立了起来。约翰森用吃惊的眼神看了教区长一眼，似乎想要警告他，但教区长依旧平静地读着福音书，读完后，他两只手握住讲坛的前侧俯身开始了演说。

第三章

伊曼纽尔这时候正哼着一首曲子，轻快地走在从韦尔比村通往斯基博卢卜村的路上。

他从不离身的伞已经换成了一把更有乡下派头的橡木柄伞，头上没有戴从前那顶帽子，而是换了一顶灯芯草编的宽边帽。过去的一个礼拜里，春天炙热的阳光把一直在外行走的他脸晒黑了，上面布满了雀斑，翘着的金色胡须也晒淡了，衬着他红红的皮肤，几乎像是白色的。

他对过去的一周教区里的骚动并不清楚。由于他是这场骚动的起因，大伙儿——在织工汉森的又一次建议下——没有告诉他这些；而汉茜娜的父母亲因为同样的原因也没有参与这次斗争，他只知道人们打算用某种方式抗议解雇他。他平静地等待着教区长的正式通知，由于他已经被禁止参与一切教区事务，这个通知应该很快就会来。关系破裂的头几天，他已经想过要挣断和牧师宅邸的最后一丝联系，就是立刻离开那儿，住到斯基博卢卜村为他提供的房子里去。但是当他听说教区长已经向主教大人正式提出了控诉，他决定留下来，这样一来他就不会显得因为害怕面对自己行为的后果而逃离了他应该待的地方。

但是他尽可能久地待在汉茜娜父母的房子里，避免任何可能与教区长的会面；此外，这段刚萌芽的爱情，以及安德斯·约尔根的家，他的田地、马厩还有牛群使他心中充满了喜悦，他对周围发生的一切并没有太在意。

最后，他也在忙于计划他的将来；这样一来他经常完全忘记了眼前的斗争。

他下定决心只要条件允许他会尽快结婚。他想用母亲留给他的钱在这附近买一小块地，打算完全像一个种地的农民那样养活自己。至于他可能会在会众中担任的工作，不管是做牧师还是教师，他不会拿一分钱。他希望靠自己的农庄过一种完全自立的生活，和朋友们分享他的所有。

他想几年后自己应该已经掌握足够的农业知识——有汉茜娜在他身边，还有朋友们的支持——可以没有任何风险的，自己打理他计划中的那一小块地，他的钱不多，最多能买下十到十二英亩的地，一幢房子，两三头母牛，几只羊。

他已经是安德斯·约尔根的学徒了，而且——自认为——取得了很大进步。他已经学会了一些种地的本领，几乎能同时赶两匹马了，还能给它们套上马具拉车或者犁地，以及如何喂牛。

斯基博卢卜村旁边有一个小农庄在出售——他已经在考虑

把它买下来。那是一幢漂亮的小房子，周围风景如画，位于面朝峡湾的一座绿色的山谷脚下。房子不大，有些残破；但那儿有一个特别漂亮的大花园，墙上爬满了蜀葵和金银花，弥补了这一点遗憾。有一天晚上他和汉茜娜谈到了这个地方，这是他第一次向人吐露他的计划；因为她也喜欢它，十分赞成他的计划，所以他几乎立刻打定主意，那儿将是他们未来的家。

从那天起他每天都去看那个地方，每看一次就更加喜欢它。夕阳深红色的光芒射在小小的窗玻璃上，给花园的灌木丛镀上了一层金色，茅草屋顶上鸽群飞上飞下，白色的翅膀也染成了金色，这一切在他眼中就像温柔的和平天使们守护的一片小小的人间天堂。

他对房子要如何安排，摆放哪些家具，怎么样收拾房间，每天要干哪些活都已经有了清晰的计划。首先，他们家不会出现任何奢华无用的家具。家具只用平常的松木漆成红色；他们的生活将会很朴素，哪怕最穷的人在他们家也不会感到局促。他们早上会迎着日出和云雀一道起床，晚上工作结束后，会邀请朋友一起愉快地唱歌、读书、聊天和祈祷。他已经想象自己穿着农民的衣服，在山脊上来来回回地犁地；想象自己在晴朗的夜晚划着船到峡湾里钓鱼，汉茜娜在家中的小屋里忙碌着，时不时地走到门口等着他回家。他清楚地看到她笔直小巧的身体立在屋檐下，左手放在胯上，像她习惯的那样——用右手搭着凉篷，像她母亲那样温柔地微笑着，笑容让她严肃的脸容光焕发，就像一束阳光照亮了黑色的森林。是的，他甚至梦想到了更远的将来。他看见孩子们在沙滩上奔跑玩耍，就像快乐的小鸟……没有哪个小家伙脸色苍白、不健康，穿着天鹅绒短上衣，带着一脸早熟的神情；他们都是大自然和新鲜空气中长大的强壮健康的天使们，脸上泛着农民玫瑰色的红润，眼睛像蔚蓝的大海一样清澈碧蓝。

他登上斯基博卢卜村边的山顶，眺望几乎空无一人的村庄，那些小果园里的鲜花已经开始谢了。他沿着斜坡往下走了一段路，突然看见汉茜娜在她家房子后面的草地上，正拿着一个瓶子给一只小羊喂奶。她穿着一件樱桃红长裙，就是他第一次看见病愈后的她时穿的那件，他一直觉得她穿这条裙子最漂亮。她的头上戴着一顶大大的白色太阳帽，把脸都遮住了。

一阵突如其来的强烈欢乐让他完全忘记了现在是礼拜的时间，他把手凑到嘴边，叫着："布谷！"她立刻抬起头来；看见他，她就扔下小羊和奶瓶，跑过来迎接他。看见这个情景，一阵微微的战栗掠过他……她跑步的姿势并不漂亮。但是当她跑过来，把她搂在怀里，他对自己很生气，竟然会注意这个，他在她清新、温暖的面颊上吻了一下。她慢慢地和他很熟悉了，

但是他吻她的时候她还是会脸红；为了掩饰自己的害羞，她开始急切地告诉他自从前一天晚上家里发生的一切——一头母猪产崽了，晚上一头母牛跑出牛棚，黄油还没有"出来"。伊曼纽尔对户外生活的热情也唤醒了她对这些日常事情的兴趣；他的兴趣，就好像让他们都变得高尚了，也让她的家变得高贵了。他的手搂在她的胳膊上，两人亲密地朝农庄慢慢走去。

埃尔莎正在自己卧室的窗户边梳着浓密的铁灰色头发。她一点儿也不介意伊曼纽尔走近她，冲他点点头，把搭在肩膀上的披肩往脖子上拢了拢。

"早上好，妈妈！"他开心地说。

他很快地习惯了他们简单自然的生活：事实上，他觉得农民单纯的想法就像孩子一样纯洁。

"您今天怎么样？"

"哦，很好——那头大母猪下崽了。"

"是的，我听说了。下了多少头小猪崽？"

"十二头，我想。"

"啊，这可是一件值得骄傲的事！"他看了看四周，问道："爸爸在哪儿？他去教堂了吗？"

埃尔莎偷偷地瞧了他一眼，然后看着汉茜娜。"你跟他提过什么吗？"她的眼睛问她。

从昨天起，埃尔莎和汉茜娜都知道今天教堂里会发生什么；但她俩决定不告诉伊曼纽尔，因为她们有一种感觉他可能不会完全赞同织工汉森的做法，同时也因为埃尔莎不希望他夹在两派中间阻碍了他们的计划。

"安德斯去草地那儿照看那头小牛啦。"她说道，镇定地迎着伊曼纽尔的目光。

"哦，我猜我们现在该去喂饲料了。"

"他很可能马上就会回来。但是如果你想的话，我觉得你现在已经足够聪明，能自己去喂了。"

"我们试试看吧。"他说着，穿过院子，走入正对着马厩的欧雷的卧室换衣服去了。

汉茜娜一边慢慢地走上通向酿酒房的石台阶，一边解着太阳帽的带子。她必须要准备午饭。站在台阶的顶端，她不安地看着马厩中间的小门，那儿的路一直通向教堂。

"一个人也没看见。"她对母亲说，与此同时，她心里唯一苦涩的感情，换句话说，就是斯基博卢卜村的人们对教区长充满正义的仇恨，在她漂亮的碧蓝眼睛里闪着光。

伊曼纽尔穿着一件长长的系腰带的帆布工作服和一双木鞋进了牛棚。

这是他第一次独自喂牛，觉得有些紧张，但是他非常精确地称量和计算好饲料的比例，把糠和成糊，最后，给每头母牛喂了一捆大麦干草。

这活儿马上让他热了起来，成功地干完以后，他感到一种只有体力劳动才能带给他的愉快的满足感。即使只干了这几天活，他也已经能感到肌肉变得有力了，血管中的血流动得更快了。他每天都在问自己，为什么很久以前他不理解这句老话："劳动的神圣！"

他的下一个工作是打扫牛棚，用车把清扫出来的牛粪送去堆肥，汗水顺着他的脸往下淌。他觉得需要用最累最脏的活来向自己证明：他已经从过去的束缚中解脱出来，再也不认为他的双手太高贵，不能干任何低贱的工作。

忙着这些活的时候，他想起了自己的家人，想象他们如果此刻看见他脸上会有什么样的表情。昨天他收到了父亲和妹妹有关他订婚的回信；或者说，他收到了一封对他"令人震惊的通知"三言两语地表示知晓的答复，仅此而已。信中甚至没有提汉茜娜，也没有提一个和她有关的问题。

虽然他从来没有期待在这方面得到理解，但是他父亲的冷淡还是让他惊讶和伤心。所以他们现在越来越疏远了！他很清楚他们希望通过沉默向他表明，从现在开始，他们认为他已经不值得帮助，已经无可救药地迷失了；他们无论如何不想和他的新家人有任何关系。他看出他们认为他的订婚是一种社会地位的自杀行为，和他可怜的母亲一样，让尊敬的韩斯特德家族蒙羞。所以他不怀疑从现在开始他的名字也将从家庭记忆中被抹去了。

第四章

伊曼纽尔不久后走出来，到院子里的水泵那儿洗手，这时他看见一个壮实的像教职人员的男人拄着拐杖沿着台阶往门口走来。

这个男人听到石板上响起的木鞋声，转过头来，发出一声欢呼，朝他伸出了双手。

他穿着一件后摆很长的大衣，上面污渍斑斑，黑色的裤子罩在靴子上。头上一顶脏脏的黄草帽，下面露出长而黑亮的鬈发，一直披到大衣衣领那儿，蜡黄的胖脸上留着一圈红棕色的山羊胡子，垂到黑色马甲前，马甲上两排角质扣子紧紧地扣到下巴处，完全看不见里面的白色亚麻衬衣。

伊曼纽尔完全不知道这人是谁，依旧站在马厩的门口，陌生人极其费力地走下台阶；虽然很明显每一步都让他很痛苦，他还是笑容满面地匆匆穿过院子走到伊曼纽尔面前。接着，他再次伸出他又短又胖的胳膊，高兴地看着伊曼纽尔，年轻的闪闪发光的棕色眼睛几乎被臃肿的眼皮遮住了，他用一种奇异的柔和但响亮的嗓音说："如果穆罕穆德不到山的那边去，山就到穆罕穆德身边来。你就是伊曼纽尔——我不用问你。你想否认和你母亲的关系是很难的，亲爱的朋友！我祝你快乐！"

说着这些话，他把棕色的拐杖从右手换到左手，热情地握住伊曼纽尔的手，好像他们是老朋友一般。

伊曼纽尔给弄糊涂了。这人究竟是谁？

"说实话，亲爱的朋友！"那个人喊道，"我们在那儿已经焦急地等了你很久了。杰缇最近几乎每天都在说'我想今天伊曼纽尔会来'。哦，她已经完全爱上你啦！当我们听说了这儿礼拜日举行的伟大会议，听说了你的演讲，我没法告诉你我们有多开心！然后，你解放了自己，从人民中娶了一位新娘！就应该这样！是的，就该这样做！杰缇开始不相信，但是后来她感动得都哭了。我必须去学校告诉姑娘们这个消息。她们都快疯了，这些粗野的乡下丫头！她们现在觉得她们每一个人都有一个牧师在等着呢！哈，哈！然后我们唱起了《来自上帝的爱》，接着又唱了很多别的歌，因为只要她们开始唱了她们就不肯停。我们直到十一点以后才上床睡觉。但是我们的教室里有月光照亮着我们，这些粗野的乡下丫头！"

这一刻伊曼纽尔明白他是谁了。他一定是桑丁基的中学主任。现在他认出来汉茜娜有一张照片上有这张脸。但是他没有机会证实自己的猜测是否正确。陌生人滔滔不绝地讲着，一边不时地用他胖胖的手拍着伊曼纽尔的肩膀；接着又抓起他的双手紧紧握着。

"太棒了！亲爱的朋友，太棒了！"他继续说着，"我们这个阵营需要年轻、火热的血液。我们这些老家伙必须让位了。看看我吧，我已经彻底不中用了。时间把我蹂躏得不像样了，亲爱的朋友！嗯，不过一想到年轻的时候我们没有荒废时光，我们这些老家伙倒可以自我安慰了。而且——赞美上帝——我们满意地看到这些年的努力没有白费。啊，你不知道我们这些老家伙有多开心，看到民众的事业不断取得胜利，在全国各地，在各类人之中发扬光大。现在，又有了你！嗯，就该是这样。"他用一种征服者的口吻不断重复这一点，"我再也没法安静地待在家里啦。今天早上我对杰缇说我一定要去斯基博卢卜村看看他们那儿弄得怎么样了。所以你看我来了。"

"请您进屋坐一坐吧。"伊曼纽尔终于找到了一个机会说话。陌生人洋溢的自信让他很尴尬，同时也是因为第一次被陌生人看见自己穿着工作服。

"不了，亲爱的朋友，现在不行——现在不行！但我马上会来的。我只是过来瞧一眼宣布我到了。我正要去看一位生病的女人，是我的老朋友了。好的，告诉埃尔莎主餐时我会过来，还会带几个朋友，我们坐下来开心地聊一聊。暂时再见了！很高兴见到他们。现在我可以告诉杰缇关于你的情况了，她会开心的。我今天本来想带她一起来，但是她得留在家里照顾学校里的小姑娘们。我们前些天去了首都，参加了'新丹麦社区'的春季聚会。哦，那真是一段美丽的时光。"

"我们还是进屋坐一坐吧。"伊曼纽尔邀请道，这一次更加地热情。

"不，不，快赶我走吧，不然我会站在这里兴奋得喋喋不休，直到最后喘不上气来。那么，下次见面再说！再见，再见！别忘了代我向屋里的人问好！"

他刚走出院子，汉茜娜就从酿酒房出来，袖子挽着，手里端着一碗废料。她刚好看到陌生人宽阔的背影走出大门。

"不会吧！"她喊道，把手中的碗放在石板上，朝伊曼纽尔跑过来，"那不是我们的中学主任吗？发生了什么事？你们在这儿站了很久吗？我和妈妈在地窖里，所以没听见你们说话……是他，对不对？"

"是的，我猜是他！"

听见他说话的调子，她在他脸上看到了失望的表情，顿时变得很惊慌。

"你不喜欢他吗？那怎么可能！……你不会因为他用'你'称呼你而生他的气吧？他对每一个都这么说，哪怕是第一次见面的人。可这是对的，你知道；你自己也这么说过……他人可好了。你千万别多想……你听见我说的话了吗？"她坚决地说。一脸焦急、袖子挽得高高的她，这时候看起来非常漂亮，伊曼纽尔知道她对从前这位老师的感情，打心底里不想反驳她，于是笑了笑、温柔地拍了拍她的脸蛋算是回答。事实上与其说他感到失望，不如说是对陌生人滔滔不绝的谈话感到吃惊、困惑和茫然，那人说的话他有一半都没有听懂。

但他们没有时间解释。欧雷冲进了院子，他满脸通红、冒着汗。尽管母亲禁止他去教堂，但他还是去了，刚才一路没停地从教堂跑了回来。

"主教大人来了。"他刚一进院子就大喊。

"你说什么？……主教大人！"伊曼纽尔和汉茜娜不约而同叫了出来。

"是的，千真万确……我亲眼看见他了。教区长登上讲坛的时候他进来了，现在他和牧师驾车去牧师宅邸了。"

伊曼纽尔的脸变了颜色。

"那么我必须去一趟。"思考了片刻，他说道，立刻去换了衣服。

他出来的时候，埃尔莎也在院子里，和汉茜娜一起，听欧雷说着。

"主教大人到底想要什么？"她焦急地转过脸看着伊曼纽尔，

问道。

"我不知道……我们等着看吧。"他答道，匆匆地离开了。

汉茜娜和他一起往前走，但两个人都没有说话。她嘴唇发白，很不安。自从她订婚以来她就有一种奇怪的胆怯。就好像这件事动摇了她的根基；她似乎觉得脚底下的大地再也不坚固了。

"那么今晚你会过来告诉我们发生了什么吧。"

看到她拼命地掩饰自己的焦虑，他深情地笑了，吻了吻她的眉毛，安慰她：

"别害怕，亲爱的！为什么会有人想伤害我们呢？"

第五章

主教大人的马车停在牧师宅邸的大门内，那是一辆普通的小型轻便马车，和兽医阿尔博耶的那辆一个模样，像双胞胎似的。

乡下的人都在说，主教大人总是自己驾着马车在他的主教管区四处走动，夏天穿一件白色的亚麻大衣，冬天是一件羊皮大衣，唯一的同伴是一个年轻的马车夫，帽子上的纽扣闪闪发亮。主教大人风雨无阻，赶着那匹跛脚老马不辞辛劳地在乡下跋涉，总是在教区牧师们最想不到的时刻出现在他们面前——和他那些受人尊敬的同事们行事风格大不相同，他们总是以最庄重的方式，至少提前两个礼拜通知属下将会来访，这样的话一切接待都会以合适的方式准备妥当。

伊曼纽尔到达牧师宅邸的时候，他们已经坐下来进午餐了——与平常不同，桌子铺好了，却摆在花园里盛开的七叶树下。这是主教大人的意思——他说露天进餐对他来说是最奢侈的享受；所以，拉格希尔德小姐——虽然很不情愿——也只能照办。

这会儿的天气已经难以忍受地炎热。天空晴朗无云，灼热的阳光照在石子路上，四处反射的光芒晃得人眼睛疼；各种各样蜇人的虫子在树阴里飞来飞去。草坪和花床，尽管不停地浇着水，还是被阳光烤得蔫蔫的。不时，一阵微风从树间吹过，叶子发出枯叶般金属相擦的声响。听不见一只鸟儿的啼叫。

进餐的人们的情绪似乎也被这令人压抑的闷热影响了。虽然主教大人和蔼可亲，显然想努力平息他的突然出现引起的任何怀疑，但是教区长和拉格希尔德小姐都沉默寡言，显得冷淡而矜持。主教大人和教区长说着一些无关紧要的话。从教堂回来的路上，主教称赞了他们的歌声，聊起了天气和收成。午餐在准备的时候，他怀着极大的兴趣看着花园，说到了一种新品种的英国草籽，据说比现在的所有品种都更耐强风，表现得好像他此行唯一的目的就是私人拜访。

从礼拜仪式结束，教区长见到主教大人的那一刻起，他就坚信这个人是来代替他的敌人们作战的。他觉得主教大人在这个时刻突然出现，是想在教区会众的眼前羞辱他；他决心要回击这一侮辱。

他没想到过今天在他上司面前，由于他在讲坛上的激烈言辞，他将自己放在了一个很不愉快的位置。完全是因为主教大人在场，会众们才没有按照织工汉森的计划集体离开教堂。而且，他不太会想到，即使在最严厉的法官面前，他也很难保住他的位置。

主教大人是一个肩膀宽宽的小个子，八字眉，一头浓密的头发开始变灰了。他曾经在国家自由党部门任职，是已去世的国王最信赖的顾问之一。他并不缺少威严，不，他没有蓄须的宽脸庞有时候带着一种《旧约》般的严肃神情。但他的威严中夹杂着一种奇特的快活，这是弗里德里克四世的王宫培养出的一八四八年那批狂热学生脾气的残余。这种快乐、无拘无束让拉格希尔德小姐对他很不满意。对任何民主的、友好随便的做法她总是很不喜欢，她很难接受一位真正的主教和前大臣靠在椅子上，像在家里一般，两只手插在口袋里晃荡他的钥匙，挥舞着餐刀，叫她"我亲爱的"。对于主教大人公众场合的举止，她完全赞同父亲的看法。她觉得像他这样地位的人像一个屠夫一样在公路上冲来冲去是很不合适的；而他对学校和教堂的不期到访是很卑劣的间谍行为，会降低牧师在普通民众眼中的地位。

但是最令教区长痛恨他的是他在公众和政治圈中的地位，他的行为清楚地表明，尽管年龄增长，他仍然雄心勃勃。人们悄悄地说，为了重新掌权，他不会轻视民主党的帮助，而且有关这方面的谈判目前正在进行中。

他极为坦率地向他们承认自己的弱点就是醉心政治，迷恋权利。他们刚在餐桌前坐下，他就开始谈起人们传言他以民主党候选人的身份参选国会，目前竞选正在文件通过的环节。

"嗯，又该怎么办呢？"他笑着说，"我想老政客应该和老车夫一样感觉很艰难。如果你曾坐在车厢上控制过缰绳，也许必要时还要用鞭子，那么你就无法忍受待在家里，在马厩里切干草，擦马具。我年轻的时候曾经听过一个老马车夫的故事：三十年里他一直勤奋地赶着马车；当他老得干不动了，他必须要在手指间夹一段绳子或者别的什么才能睡着，后来身体很虚弱了，有一次因为没有人给他一段绳子他差点儿死了。所以我经常告诉我的妻子，如果我病了，她一定要骗我相信我被任命做了国家委员会主席，那样的话我马上就会好的。"

主教大人笑了起来，汤内森教区长面无表情，看起来好像一点儿也不觉得有什么好笑。这时候，伊曼纽尔从阳台那儿出现了，走上前鞠了一躬。

主教大人问候了他，态度就像通常主教接见被控诉了的年轻神职人员时那样。然而，他的问候似乎是经过仔细斟酌的，绝不是为了安慰教区长。相反，当伊曼纽尔在桌子边坐下，主教大人继续他的谈话，还带着某种国会人士的洋洋自得讲起了当前的政治形势，并借此机会表示他拥护"人民"党关于调整公众生活和管理的好几次运动，汤内森教区长再也不能忍受只当一个消极的听众了；他不想让副牧师觉得他的沉默是出于对主教大人的畏惧。

"但是在我看来，"他说道，用一种试图压倒主教的方式——"我真的认为，目前我们并不觉得有必要采取新的行动和努力，正如大人您刚才的意思，因为现在我们需要安静和决心，这样的话全国各个机构才能重获稳定，它们的根基在新宪法实施后经历了很多冲击。"

"哦，我不害怕稍稍换换空气！"主教大人带着一种年轻人的欢快喊道，"不时地大扫除一下会让每幢房子变得更好：用硬毛刷好好地刷一刷肯定没什么坏处……这种活你是不是这么叫的，亲爱的？"他转向拉格希尔德小姐，她极其简短地答道："很可能。"

"我绝不是为任何罪恶辩护，"教区长严肃地以一种毫不动摇、断然的口吻说道，"有一句古老的谚语说'你要小心不要把孩子和洗澡水一起倒了'……这些日子里我们一定要把这句话牢记在心里。诚实地说，我承认在我一生里，我都是保守派，我绝对无法对这种时髦的打扫——清洗理论鞠躬让步。很难否认，最近这些年很多人在公众生活方面平步青云，而他们是不太可能为他们的国家争光的。当教育和技能不再被视作公共服务的必要条件，而几乎被看作是邪恶的时候，当学徒和服务生对这个国家何去何从产生的影响力和那些倾尽脑力、积累经验为这个国家奉献一生的人们一样大的时候，这样的民族将会迅速衰亡，不论是精神方面还是物质方面——这样的例子历史上有很多。"

主教大人已经用完了午餐，正靠在椅子上，指尖插在马甲口袋里。教区长说话的时候他一直在仔细地观察他。这会儿他交叉着胳膊，头微微偏向一侧，脸上带着一种讽刺的微笑——

"你刚才说的，教区长，让我想起一个拒绝用左手干活的人，因为大自然已经设计了右手来干这些活——或者说右手使用得更多——也因此更强壮——他于是把自己的左手捆绑起来，这样它就不会碍他的事——直到它慢慢萎缩，最后变得完全没用了。这样的做法——难道不是——看起来很古怪——更不用说毫无道理。因此，为什么这个国家不同时使用左右手，即使右手——不管是因为自然的还是别的原因——目前发展得更好一些？一个明智的人，当要扛着重负走很长一段路的时候，他会不断地把它从一只手换到另一只手，我们在公众生活里也像他那么做，难道不是更加合情合理吗？这样做的话，你不会被累垮，而且也让身体的各个部位得到统一均衡地发展。"

"哦，我可以肯定地说，完全没有理由担心国家的右边身体会瘫痪，"汤内森教区长说，"在我看来，恰恰相反，现在我们的公众生活中有很多左撇子。"

他很满意自己的这个反驳，看了伊曼纽尔一眼。

"哦，是的——当然——我完全承认在政治领域出现了一些令人悲悼的现象，但是在一个风起云涌的时代这样的事情在所难免。首要的事情是通过深思熟虑和严守公平来实施这些雷厉风行的做法……在我们的时代这是那些主要的政治家们最重要的责任。同时也不能忘记——对于农民阶层——我们需要弥补他们从前承受的种种不公正；也许，现在有一些人认为给了农民过多的声望，其实这是他们早就该得到的。我们当然需要培育新的社会阶层来追求心灵的滋养，比如——如果我可以这么说——开垦新鲜的处女地，在那里种植培育充满活力的未来。我一点儿也不害怕目前对我们知识根基进行的深层挖掘。我相信，随着新旧观念的充分混合，渐渐地，它会带来有益的丰收的果实。任何人为了这个目标所做的努力，在我看来，都是好的行动，不论是对于他的祖国，还是对于他自身的精神发展而言。"

教区长的脸变成了灰白色，每当他怒气冲冲的时候他都会这样。

当着副牧师的面，主教的这一番话，只能被看作是对他行为的认可——不仅如此，甚至是赞颂。

"哦，就我而言，我对这片所谓的'处女地'没有丝毫信心，"他的声音因为强压着怒火而颤抖，"我认为，恰恰相反，这只是一片贫瘠的土地，或者说甚至是更糟糕的一批选民，通过全民普选，由于对普通民众的歌颂，他们出头露脸了。如果这种疯狂仍像一开始那样持续下去，我毫不意外，有一天我们的国家会被一群技术学校毕业的人渣和放牛的人统治。"

"哦，这些只是修辞说法吧！如果真的证实普通大众达不到我们的期望，或者——更坦率地讲——我们没有找到正确的方式唤醒人民的潜能，也不会带来什么不可补救的伤害。无论如何我们进行了必要的尝试。"

"在我看来，我们已经在新宪法下做了足够多的尝试了。一八六四年我们和普通老百姓中意外的大多数为这些令人不快的尝试已经付出了昂贵的代价。"

听到这一露骨的影射，主教大人的脸上似乎掠过一阵寒流，上一次不幸的战争中他任部长的部门遭受了最多的指责。他没有改变姿势，忧虑地看了教区长一两眼，似乎没有拿定主意怎么应对这一侮辱。最后他又摆出了一张像《旧约》一样面无表情的脸，异常镇定地说道：

"教区长，你似乎对人民非常缺乏信心，你忘记了上帝的话：'你把这些事向有智慧的和有学问的人隐藏起来，而向小孩子们展露出来。'"

教区长想要打断他的话，但主教大人没有允许，继续提高嗓门说：

"在这方面值得记起我们的主耶稣基督，他在尘世间的时候，并没有从有知识的人中寻找救赎工作的助手，而是——在那个时候——从被人轻视的劳动阶层中寻找助手，分享他们的生活。这难道不应该是所有时代的典范吗？这个时候难道我们不该承认我们的救世主不仅给我们指出了去往天国的路，而且通过击碎异教徒的精神傲慢，他在人世间的王国创建了一个属于人民的正直、神圣的特别法庭，通过它，后来的人们都认识到伟大的主的启示：'像爱自己一样爱你的邻居！'那句箴言'自由、平等、博爱'最近被一个新成立的党派——很不幸心怀不轨地——引用了，这句话代表了基督的全部教义，我们应该竭力牢记在心。"

伊曼纽尔坐在桌子的另一端，俯身面对餐盘，深有同感地听着这一席话。一开始主教大人冷淡的问候引起的沮丧心情——因为这与他接受圣职授任时主教大人不同寻常的仁慈形成了鲜明对比——在听他开口说话后迅速地消散了。听着这些话他心潮澎湃，它们如此清晰准确地表达了他的内心想法，让他更加确信他现在是沿着主的脚印在前行，正在帮助他创立一

个幸福的王国，终有一天，基督教的友爱精神将传播到全世界。

主教大人讲完最后一段话之后，教区长什么也没有说。影射了主教大人不幸的政治过往让他的情绪放松下来；他不愿屈尊和一个人讨论，哪怕是和一位主教大人，这位主教在艰难的时刻，不可避免地从救世主身上榨取政治资本，不仅如此，还把救世主变成了一个社会主义者。

这时候教堂钟声发出的警示回荡在风中。是进行下午的教会仪式的时间了。

教区长站起身，讽刺地说：

"大人，请您原谅；我的教职召唤我离开了。我希望有这个荣幸，回来时还能见到您。"说完，没等主教答复，他推开椅子，庄重地迈着大步离开了。

片刻后，别的人也站起身。主教大人一脸严肃地和拉格希尔德小姐、伊曼纽尔握手，对伊曼纽尔说道，声音里透露出完全没有把对他的指控放在心上：

"我想在这周围看一看。教区长回来之前，你介意做我的向导吗，韩斯特德先生？我敢说我们会找到一些话题聊聊的。"

伊曼纽尔的脸红了，他鞠了一躬。

拉格希尔德小姐还站在桌子旁，眼中满是轻蔑。她穿着一件有丝质条纹的轻薄夏裙，戴着一顶插着鸵鸟毛的草帽，看起来很健康。

当主教大人转身向她告辞的时候，她的脸迅速地恢复了以往漠然的神情；当两位先生抬起帽子向她致敬，她依照最正式的礼仪僵硬地鞠躬回礼。

第六章

主教大人和伊曼纽尔穿过花园，从最边上的小门走了出去。主教大人点燃了一支雪茄，敞开大衣，像一个陷入沉思的人那样大口地吐着浓烟，不时地对一路看到的东西发表一些评论。

伊曼纽尔静静地走在他旁边。他立刻看出来主教大人这次散步是想要讨论一个严肃的话题，他打定主意要把握这次机会向主教大人清晰完整地解释他目前的处境以及和教区会众的关系。

当他们走到"牧师宅邸山"的山顶，主教大人停下了脚步，心不在焉地看着眼前的景色，问起了其中一些教堂的名字——那些教堂的塔楼在薄雾的阳光下像灯塔一样闪闪发光。他说了几句大自然的美对人们心灵的影响，城镇生活的乏味，最后开始讲起干旱和丰收的前景。

"我听各方面都在讲，"他出神地说——"现在人们非常担忧。如果这些担心有依据的话那将是令人伤心的。"

"我认为没有必要担忧，至少不会马上发生，"伊曼纽尔评论道，对这个话题他很熟悉，"春种确实损失很大，尤其是六棱大麦，还有山区的草场也冻伤了很大的一片；但是黑麦到目前为止，长势很好，它们没有遭受春天的霜冻。"

主教大人朝他转过身，好像从思考中被惊醒了。

"啊哈！我看你已经是一个地道的农民了！"

伊曼纽尔脸红了，他的心怦怦直跳。现在机会来了，他想。

但是主教大人继续不停地说着城镇生活的艰难，还有大自然对心灵的影响。

突然他似乎刚刚想起，停下来说道："告诉我——你是不是艾塔茨拉德·韩斯特德的儿子？"

"是的。"

"没错，我也这么想。"他补充道，然后什么也没说。

有好几分钟，两个人只是默默地沿着小路往前走。一群有冠乌鸦被他们的脚步惊起，从一块已犁过地的田埂上飞起来，尖声叫着，在他们头顶盘旋；他们前面三百步开外的地方，一只狐狸偷偷地溜过，每隔几米就回过头来看一看这两个严肃的人，他们似乎并没有在意它。

"韩斯特德先生，"主教大人突然说，没有抬头——"你有没有，在学生时代——或者可能在这之前——受到任何一次学校里或者是学校之外的精神运动的特别影响？"

"我吗……没有，"伊曼纽尔慢慢地说，惊讶地抬起头，"不，我会说我没有受过这一类的影响。我一直过着一种孤单的生活，尤其是学生时代。我从来没有，也就是说，参与过任何常规的学生活动。"

"但是在你的伙伴当中一定有一些朋友影响了你……你有没有参加过任何宗教的、文学的或者政治的俱乐部？"

"没有，我从来没有一个真正的朋友。从我长大以后我被强行塞进我的阶层和书里——我从来没有参与过任何政治活动。"

"确实。"主教简短地说，清了清他的嗓子——他的声音里有一点儿小小的失望。

"那么，这一切是怎么发生的？"他补充道，停下来抬头看着伊曼纽尔，"你究竟是怎么样形成——如果我可以这么说的话——这些有点儿激进的观点的？一个人对于生活的态度不仅仅来自书本，尽管书本——我承认它们可能——在一个人接受某些观点的影响，或者在帮助形成这些观点方面贡献很大……当然，"他突然顿住，继续朝前走，"我明白……你的家庭……你的母亲对你的发展并不是没有影响。我记得在我为你授任圣职的时候你跟我提过这些。是的，你母亲是一位杰出的女性，充满了自我牺牲的热情。我在年轻的时候和她很熟，我敢说我告诉过你；我们属于同一类人。她的去世让我很难过。她和另外的一些人，因为太善良、太优秀而不能适应这个世界；在她生命中决定性的时刻，她由于缺乏抵抗力，或者说不够顽强，那些高贵的、自我牺牲的人们总是很缺乏这些，而心碎了。我坦率地和你说这些，因为我知道你意识到了这一切；我记得你提过在家里的不愉快是你想到乡下任教职的原因之一。我想我说的也不是什么秘密——在不断地恳求，甚至威胁之下——在女人情绪低落的时刻——你的母亲在她的婚姻问题上妥协了，这一定违背了她的本性；毫无疑问她觉得自己对理想不忠，这给她后来的生活带来了越来越大的阴影，最终熄灭了她的心灵之火。你现在应该能明白，我亲爱的朋友，当我听到你，她的儿子，重新捡起了她被迫扔掉的线团，开始在你的生活里，坚持那些在她看来关系到我们未来的最重要的观点的时候，我的感觉有多么奇怪。"

伊曼纽尔没有说话，眼睛盯着地面。最近，每当有人提起他母亲，每当他想起母亲，他就觉得心情激动，忍不住要流下泪来。

主教大人继续说着——

"但是现在，作为你母亲的一个老朋友——我不害怕这么称呼自己——让我给你提一些忠告，韩斯特德先生。或者——告诉我你对将来有什么打算，谈谈你在这个地方的处境。我从一条秘密渠道得知，你在这儿找了一位新娘；我也知道，由于你的观点以及你和会众中某些人的关系，教区长对你很恼火。

我们面对着一场性质很严重的战斗。你想过怎么解决这个困难吗？"

伊曼纽尔对主教大人和盘托出了他的计划，告诉他自己打算买下海岸边的那一小块地，他想要做一名大地的孩子独立生活，同时会在朋友中担任一名教师和牧师继续自己的工作。

主教大人认真地听着，有一两次抬起头匆匆地、吃惊地看了他一眼。伊曼纽尔说完后，他默默地和他走了一段，似乎在权衡什么。

接着他抬起头说——

"你告诉我的一切都是经过深思熟虑的，从某些方面讲，看问题的观点也很正确……但我依然强烈地建议你不要走这一步。实话跟你说，我觉得这样做很愚蠢，你早晚要后悔的。如果你听从我的建议就不要放弃神职。如今教会需要所有像你这样年轻坚强的力量，我们要做的是集中我们的力量而不是分散它们。所以，向我保证你会忘掉这些想法。"

"我的上帝——我不能。我觉得在这儿我有工作要干，我已经和这片土地、和这儿的人们结成了这么坚实的纽带，我不能离开他们。"

"嗯——但是谁让你离开这里啦？"

伊曼纽尔吃惊地抬起头。

"但是——我想——我想大人您知道教区长想要将我免职，我没有别的办法。"

"嗯，这正是我想和你说的——但是让我们往回走吧，太阳太热了——我刚才说到哪儿啦？噢，是的——我要和你说的是极其私人的，事实上属于官方的秘密——绝对不能让别人知道。长话短说，教区长极有可能会立即递交他的辞呈。"

"教区长！"伊曼纽尔喊出来，嘴张得大大的，站在路中间。

"我说极有可能，"主教大人继续说，似乎没有注意到另一个人的吃惊，"他已经得到——或者将要得到——神职之外的一个重要职位，一个适合他特别才能的职位。我不怀疑他会接受它，尤其因为他在这儿的境况明显令他不满意——甚至他难以维持下去。仅仅出于这个原因我也希望你留下来。那个位置会因此空缺，而你会被任命临时接替他；很长一段时间里你可能都会担任那个职务，因为上面打算要借这个机会对教区做重新调整，这个打算早就在说了。可能需要好几年时间。将来的前景会怎么样我不想发表看法——因为收入理所当然会因为调整受到影响；我会把这个留给时间，留给你自己去考虑。这个话题我就说到这里，机会难得，我说的可能超过了我有权讲的，但是我迫切地想阻止你草率行事。

"我还想补充一句，我认为你目前的工作就在这里，但是我希望你能明白因为你目前的处境，有大量重要的工作需要开展——在未来的几年里肯定会这样。我前面说过，我们教会需要年轻的力量和动力……尤其是这个地区，长久以来它一直以在精神方面远远落后而著称——我相信政治家们甚至把它称为他们的'死'角之一。"

他们现在走到了通向牧师宅邸的小门那儿。主教大人停下来和伊曼纽尔握手。

"我们在这里分手吧。好好想一想，任何情况下一周左右内不要采取决定性的举动。如果在这期间你想和我说话，你知道在哪里可以找到我。"

他匆匆地握了一下伊曼纽尔的手，穿过花园迅速离开了。

伊曼纽尔瞪着他的背影，被他的话惊得不知所以。他的表情就像一个人因为突如其来的好运推翻了之前所有的计划，一下子不知道是该笑还是该哭了。

第五部

第一章

  主教大人来访后，又过去了五天，然而人们一直盼望的雨还是没有下下来。但是从东面吹来了一阵干燥的狂风，横扫过已经被太阳烤得像石头一般坚硬的土地；两天里这个地区都笼罩在灰色的沙尘里。韦尔比村的人们都知道不出几个小时一场大灾难即将发生。冬季的草料快要用尽的时候，大风开始刮起来，农民们按照一贯喜欢夸大其辞的做法，已经开始说着要把屋顶的茅草揪下来给牛当草料，好让它们活命了。他们早就不查看气压计，也不再把中午公鸡打鸣、夜晚蚊子扎堆当成预兆了。每天清晨，太阳撕破雾气弥漫的夜的面纱，穿透每一片云彩，在树林或者沼泽地驱散了每一团薄雾。

  接着，一天清晨，西南方向的天边变得血红，然后是浅黄、深黄、最后变成了蓝黑色……地平线上出现了一大片黑压压的乌云，看不清边际，重重地悬在那儿，预示着雷电即将来临。当第一阵隐隐的隆隆声响起，人们走出了房子。即使并不常在人们面前露脸的教区委员会主席简森，也穿着衬衣，叼着精美的琥珀烟嘴，一边抽着雪茄，一边走出门来。他毫不在乎、超然地观察着面前大自然的变化，因为他的钱都存在了一个安全的地方，既不用担心耕作，也不用担心收成，他只管老老实实地挣那百分之四的利息，不管老天爷下雨还是放晴。

虽然出着太阳，但越来越多的乌云遮蔽了蓝天，可以清晰地看见乌云间的闪电，每一分钟雷声都越来越近。然而，韦尔比的农民依然摇着头。"雨不会下到我们这儿来；我们没那么好运。'不，它向东边去了。''斯基博卢卜村要下大雨了。'""哎，像从前一样，他们总是想要什么就有什么。"

慢慢地，乌云遮住了太阳，阳光好像隔着一层红色的面纱透过来。突然，狂风猛地刮过热烘烘的田野；公鸡大声啼叫，燕子吓得拼命地在池塘上空掠过。最后，雷声在斯基博卢卜村的上空轰隆隆响起来，闪电一道接着一道，快得根本数不清。听得见闪电劈中地面的声音。一只绵羊挣脱了绳索，冲进了村子里，一只死去的同伴绑在它腿上，在它身后的尘土里被一路拖着向前。天空现在被乌云完全遮住了，屋内光线这么暗，以至于都很难看清闹钟上的时间。但是一滴雨也没有落下来。到处是一种烧焦了的硫磺味道，由于没有雨水让空气凉下来，空气变得很热，能感觉得到每一道闪电，就好像脸颊被烧着了。峡湾对面的海岸边一家农庄燃起了大火，静止的空气中能清楚地听到尖锐的火警声。

暴风好像刚刚过去，几颗又大又重的雨点砸下来，这儿一颗、那儿一颗，像星星掉在了满是尘土的路上。人们开始从房子里走出来，站在台阶上，这时候一阵猛烈的雷声突然炸响，天地都颤抖了。与此同时，大雨倾盆而下。雨点像豆子"噼里啪啦"砸在窗玻璃上，溅起的泥土弹到了墙上。到第二天中午，瓢泼大雨还在下着，天空依然是黑沉沉的一片。

接近傍晚的时候，峡湾的中间，木匠尼尔森划着船，伊曼纽尔坐在船首，正往回赶。他只穿了一件薄薄的外套，头上披着一件马衣。浑身虽然已经湿透了，但他并没有注意到；他的脑海中充斥着过去几天里的所见所闻。

他正从桑丁基回来，主教大人来访的第二天早上他就和中学主任一起去了那儿。这样一来他避免了所有关于主教大人的询问，斯基博卢卜村的人们一个劲地追着他问，而他又无权回答这些问题。此外，他自己也想找一个安静的地方好好地思考一下主教大人的建议。木匠尼尔森作为助手陪同他，这次的旅行变成了一次胜利之旅。

伊曼纽尔现在明白了，为什么每一次提到桑丁基中学那些年轻人的眼睛总是发亮。他看到的一切令他大为吃惊，有时候他几乎觉得这一定是一场美梦。漂亮的红砖墙建筑上爬满了常春藤和忍冬花，就像一座古堡；宏大的演讲厅是北欧大厅的风格，镶嵌内顶板的木质天花板的房梁两端都雕刻着花纹。八十名脸色红润的年轻的农村姑娘是目前在校的学生；唯一的授课方式是通过讲座、阅读、聊天和唱歌进行；更别提晚上的聚会，人们干完一天的活不约而同地拥到那儿——工人们穿着衬衣——工匠们穿着工装——从第一天开始他就为见到的一切深深着迷。

现在，他也明白了人们对于桑丁基中学主任的喜爱，看到他在自己习惯的环境中——在他的学校里，挂着拐杖跛着腿，在教师们和学生之中走动，像一个父亲一样鼓励、劝诫，为他们喝彩。当他第一次看见中学主任站在讲坛上，对年轻人的心灵不可思议的影响力更是显露无遗；他是那么朝气蓬勃、热情洋溢，满怀信心、激动不已，棕色的眼睛里闪烁着泪光，他站在那儿，伸开双臂，似乎怀着对人类的爱他能够拥抱全世界。

伊曼纽尔抵达的第二天，学校里举行一次重大的聚会，他作为主要发言人参加了；而且应邀把他在斯基博卢卜村会议厅的那次演讲又重新讲了一遍。随后的几天里，中学主任带着他拜访了这个地区各种各样的"朋友"圈。每一处他都受到了高兴地接待，结识了很多新朋友。

这次拜访也深深地影响了他对于未来的决定。他觉得主教大人的建议是正确的，他打算要买的小屋根本不够他实施目前在桑丁基已经实现的计划。他看出必须要找到更大的房子：需要很多房间、马厩和厢房来接待来访者，他想为整个教区建立的公共之家只有韦尔比村的牧师宅邸那样大的规模才能胜任。

因此，他决定听从主教大人的建议，等着教区长离任后自己被任命为临时牧师。但这时他开始感到焦虑。他觉得教区长完全有可能会反对主教大人的决定，不是出于怨恨，就是因为无谓的骄傲。

他渴望和汉茜娜谈一谈这件事，觉得对她可以不必遵守保持沉默的诺言。他的心里充满了欢乐，头脑中装满了各种计划，他觉得必须一吐为快。

他本来希望天黑之前能赶回斯基博卢卜村，但是到黄昏的时候，他们的船在峡湾里还只走了一半的路。海浪汹涌，虽然他和木匠尼尔森轮流划桨，但是船行驶得很慢。最后，他们一人划着一支桨，唱着一首嘹亮的歌，拼尽全力往前划，一路上倾盆大雨下个不停。

十点钟他们才靠岸，天这么黑，他们几乎看不清楚山间从小港口通往斯基博卢卜村的小路。

伊曼纽尔和他的伙伴告别后，急匆匆地朝汉茜娜家的农庄方向走去。客厅里点着一盏灯，他刚踏上台阶，门突然开了，汉茜娜朝他喊道："你知道了吗？"

"知道什么，亲爱的？"

"教区长马上就要走了……今天的报纸上登了。"

"不可能吧!"

片刻后,他站在客厅里,手里拿着这个地区的《人民新闻》;完全没有注意到湿透的衣服淌下来的水已经在脚边的地板上积了一大摊,他把一条通告读了三遍:

"根据可靠消息,韦尔比村和斯基博卢卜村的牧师,汤内森教区长,已经被任命为新成立的国家神学院的理事,该学院位于哥本哈根市附近的索博格。官方的任命随时可能会宣布。"

第二章

虽然教区长的调职被认为是升迁——他别的什么也没说，只是谈及自己的这次任命带着一种洋洋自得——但是斯基博卢卜村的人们都把它看作是他们这一边的胜利。织工汉森信守了诺言——几周后教区长将从牧师宅邸搬出去。

事实上，主教大人不得不动用他所有的外交影响力来实现自己关于教区长的计划，教区长本人清楚地明白这次调遣如同法力赛人一般虚伪的实质。但是他同时也看到，不管是为自己还是为了女儿，他都不能拒绝这个任命，因为它明显能够让他们不损颜面地从目前令他们烦恼的困境中解脱出来。此外，他曾经的教育生涯以及管理才能被上级记起并得到欣赏也让他很高兴；看到报纸上称他为"杰出的教育家"令他非常满意。

斯基博卢卜村的村民也忙着趁热打铁。一个代表团立即被派往主教大人处递交了请愿书，希望"在派人担任牧师一职时，能充分考虑到大多数会众的意愿"。请愿书中没有提到伊曼纽尔的名字，但是使用的措辞让人很难误解它的意思，即：请任命副牧师接替这一职位。主教大人热情地接待了这个代表团，尤其是发言人织工汉森。主教大人提到这次的调遣必然会让牧师这一职位空缺一段时间，他进一步补充道他总是很愿意满足教区会众合理的要求。接着他邀请代表团共进午餐，他们在花园里和主教大人喝着咖啡，聊了将近四个小时。

几天后，报纸上登出主教大人被提名担任民主党候选人参加即将来临的大选，大选的胜出者将来会负责包括韦尔比村和斯基博卢卜村在内的一大片地区。

与此同时，拉格希尔德小姐在牧师宅邸不耐烦地等待着可以永远离开的那一天。虽然她觉得自己太老了，对未来已经不抱什么期望，但是她依然迫不及待地想要离开蹉跎了她青春的这个地方；这里没有什么值得她留念的地方和人。即使最近看到副牧师，也让她很不快，让她非常沮丧。不仅是因为他最近变得很粗心，而且他偶尔留在牧师宅邸一同进餐的时候，他的头发和衣服散发着一股马厩的味道。但她觉得他的内心也发生了相应的变化，从前的好教养在他想学得"平民化"的努力下也慢慢消失不见了。

自从他拜访了桑丁基，她认为他身上出现了一种自以为是的骄傲自大。他笨拙地嘲讽她的穿着和闲散的生活；她发现他喋喋不休的迂腐说教简直难以忍受。

她对生活感到乏味，一天天因为无尽的忧郁变得越来越沮丧。为了让自己情绪好一点儿，她最近去了一趟哥本哈根，她已经有两三年没有去过那儿了。但是在那儿忧郁依然追随着她。她不知道是因为自己目前的心境，还是因为在她眼中，到处都有农民在没完没了地庆祝他们的获胜。橱窗里摆满了品位低下的廉价物品，似乎是特意设计来迎合普通老百姓的品位。所有高雅的品位看起来完全消失不见了；流行的讲座都是和农民、工人阶层相关的。夏洛滕堡展览上的艺术家们似乎都醉心于这样的主题，比如"在一个农民的房间""粪堆上的猪""临死前的鞋匠"。即使剧院也不能免俗，因为一些农民出身的国会议员在那儿享有免费的席位。

一天，她在街上遇到了一个少女时代的朋友，她们已经十年没见了——这个朋友嫁给了一位医生。

刚聊了两句，那位穿得像个稻草人的朋友，开始批评起她的穿着，满口都是人民的事业，打定主意要让她感兴趣。拉格希尔德直到跟着她进了一位吉灵夫人的家才获得片刻安宁。吉灵夫人在首都组织了一个"大众法庭"的社会团体。拉格希尔德被迫在一群叽叽喳喳的中学生、大胡子上沾着烟丝的农民和神学院学生中坐了一个小时。坐在她周围的几位年长的夫人穿着农妇们才穿的同款黑色丝绒兜帽，让她感到一阵不快的熟悉感。一位无精打采的年轻女士，身后垂着两条长长的黄色辫子，像做梦似地坐在那儿，胳膊搂着一位打扮了的大个子农村姑娘，她充满感情地叫她"最亲爱的朋友"。

最让她印象深刻的是人们议论政府部门可能会发生的改变。大家严肃地说农民们会当权了。一位从前的村小学校长被任命为未来的首相。即使是那些不愿接受现状的人也摇着头说:"无能为力了。"她实在不能明白。农民不是一直是大多数吗?为什么现在突然向他们屈服了?她的反对得到的回答总是"毕竟,农民也是人"。现在,他们恰恰不是!也许从前根据自然史,他们的磨齿数量确实表明他们是人。但是,一个乡巴佬无论如何都更像他的羊或者牛,而算不上一个平常的有智慧的人。没有人会想到给羊或者牛选举权。难道让一切伟大的、美丽的东西闲置荒废就被叫做公正,仅仅因为一些物种出生时有和人类一样数量的磨齿吗?哦,难道就没有什么勇敢坚定的人站出来捍卫他从前的权威,把这些农民赶回他们本就属于的粪堆那儿去吗?

最后,七月中旬,汤内森教区长父女俩能够收拾行李离开了。韦尔比村的教区居民以及三位地主本打算为教区长举行一个告别晚宴并送他们一把银质咖啡壶作为礼物;但是,在拉格希尔德小姐的坚持下,教区长想方设法地阻止他们的告别计划。

教区长依照最必要的礼节和他教区的会众告了别,并没有什么特别的伤感。他只对伊曼纽尔说了自己的真实感受,离开的时候，他冷冷地和伊曼纽尔握了手，说没有必要祝愿人们好运，因为他们很幸运，顺着"时代之风"扬帆前进。

他们一走，伊曼纽尔就带了他的几件家具，从自己的阁楼搬到了楼下，他用了教区长的书房和另外一间卧室。除了那个跛脚的老佣人住在了一间，其他的房间都空着，她暂时留下担任他的管家。没有人请她留下，但她似乎理所当然地认为自己像一件家具一样也是这房子的一部分，伊曼纽尔好脾气地留下了她。"玛伦"，马匹和马车，都随着汤内森教区长一家搬走了，没有必要再雇一个新的马车夫；让伊曼纽尔很恼火的是，牧师宅邸旁的旱地已经租给了一户农民，租约要一年后才到期。

神职之外的所有时间，他都尽量待在斯基博卢卜的农庄上，每天干着各种农活：耕地，给萝卜除草，给犁过的土地运送肥料。晚上，他会和汉茜娜坐在院子里，欣赏日落，讨论未来，或者手挽手穿过田间看着那些庄稼和牛群。现在，他前面的道路很平坦，他可以安心地做自己喜欢的事情，他带着越来越多地喜悦全心地投入到其中。

第三章

这样，时间快乐地飞逝。秋天来了，有暴风雨的白天变短了，黑夜变长了。

伊曼纽尔发现每个夜晚，他越来越不想离开汉茜娜和农庄那幢温暖、舒适的房子，然后艰难地穿过泥泞的小路回到空空荡荡的牧师宅邸，在那儿他的脚步声就像在地窖里回响。他总是直接上床睡觉；但是，尽管干活干得很累，他还总是被夜里空空的房子里时常响起的各种各样说不清的声音给弄醒，再也睡不着。有时候，他醒着躺在那儿，听狂风呼啸着吹过花园的树林，发出像巨大的海浪互相撞击的雷鸣般的声响。

一天夜晚，他被一阵长长的哀号声吵醒了，开始他没弄明白那是什么，直到后来他听出来那是火警的笛声。他急忙跳起来，匆匆穿上几件衣服，这时候他听见房子里有声音；门打开了，跛脚的老佣人出现在门前，她穿着一件法兰绒衬裙，颤抖的手里举着一支点着的蜡烛。

"哦，先生！……着火了！"她喊道，脸色苍白——像每一个经历过韦尔比村大火的人那样，每一次听见火警声她都吓得要死。

村子里的人们举着灯笼四处乱跑。不久人们发现原来只是相邻教区的一间小农舍着火了；当水龙带取下来，投入了足够的人力灭了火，村子里才重新安定下来。

这件事情让伊曼纽尔很不安，这个晚上他做了一个重大决定。他决心要尽快结婚。他觉得自己再也不能忍受在这样的乏味孤单里度过漫长黑暗的冬季了。他为什么要等？——目前，无论如何，他的职位不会有任何改变。

第二天他和汉茜娜提到了婚事。

一开始，她有些吃惊。她心里一直暗暗地期待伊曼纽尔至少在一年内不会提出结婚。她越仔细地考虑她的新身份——尤其是想到那意味着她要成为宏伟的牧师宅邸的女主人——她就越担心结婚后自己无法胜任这一新的角色。但是当她看到伊曼纽尔有多么幸福和乐观，他多么急切地想早点儿娶她，她打心底里觉得没法反对他的想法，她也不想拿自己的烦恼打扰他。他们问了她父母的意见，经过家庭会议商议他们决定将婚礼定在十月六号，弗里德里克七世生日的那一天。

但是现在有一个小麻烦，村子里的人一直都在焦急地等待着他们的婚礼。汉茜娜想尽可能安静地举行婚礼，但她的母亲认为，为了伊曼纽尔他们应该举行一个尽可能盛大的婚礼来庆祝它。否则的话，他可能仍然会觉得他们并不是完全乐意和他结亲，她想通过自己的行动向他表明她的感激之情。

伊曼纽尔没有参与婚礼的筹备，事实上，他似乎也没有注意到这些。就他个人而言，他不反对在婚礼这一天邀请"朋友们"参加，但是他不想影响别人的决定。因此，埃尔莎和安德斯结婚二十三年来第一次发生了意见分歧。安德斯觉得，如果按照埃尔莎的意思来办婚礼，势必要大大地耗费他多年来辛辛苦苦积攒的那一小笔钱——大约六百克朗。他一直打算用这笔钱买一台脱粒机，他已经盼望了十年。他试图让她明白，一天里就挥霍掉这么多的钱多么不理智，而这笔钱如果买一台脱粒机，却可以用到他们闭眼的那一天。安德斯说，伊曼纽尔很明白，他们很喜欢他，或许他也不愿意看到这么多的钱扔到窗外去。埃尔莎几乎被他说服了，不过这时候，她从一个意想不到的地方得到了支持。

一个礼拜日下午，威灵和他的妻子登门庄重地表示祝贺；那一天教堂里第一次登出了伊曼纽尔和汉茜娜的结婚预告，所以大家都知道了。店老板的妻子穿着一件真丝长裙，披着一条绉纱披肩，她温和的修女般的脸上带着和蔼的笑容；威灵戴着一顶高高的礼帽，身穿一件肩部垫得很挺的长礼服，里面是一件带玻璃纽扣的白色马甲，挺括的白色袖口，肿胀的双手上裹着一双狗皮手套。

自从在织工汉森的领导下，斯基博卢卜村开始经营合作商店以来，他们再没有来过这里；但是最近的几件事大大地缓和了他们的感受。夫妻俩现在明白他们对村民们的判断太过苛刻了，由于他们天性不想与别人为敌，所以他们借了这次机会来弥补他们以往的不公。

他们来访的时候，只有埃尔莎和安德斯在家。开始，他们聊起了一些无关紧要的事。但是突然店老板问起了将要举行的婚礼，然后埃尔莎，出于她一贯的坦率，和他们讲起了自己和丈夫间就婚礼操办产生的分歧。

威灵把高高的礼帽小心翼翼地搁在腿上，此前一直心不在焉地坐着，听到她的这番话，一下子惊醒了，开始滔滔不绝地说起来。

他必须承认——他说——他不明白安德斯对这件婚事的态度。在他看来，这么重要的一件事应当以合适的方式操办；这绝对是安德斯·约尔根家光荣的时刻，让这一天成为"人民的事业"所有兄弟姐妹盛大的节日。他知道，他补充说，这整个地区都在热切地盼望借此机会表示他们对这对年轻夫妇的友好之情；他相信大家的出席会给这个庄严的婚礼带来真正的国庆节的喜悦气氛。

他说话的时候，安德斯·约尔根缩头缩脑，像一只躲在壳里的蜗牛，不时焦急地看妻子一眼。当威灵注意到自己的话产生了效果，他继续往下说。很明显他的头脑里对所有的筹备有着清晰的计划。

他建议在农庄院子后面的草地上搭一顶大帐篷，人们可以在那儿进餐；接着，他提议借用村里的会议厅，装饰好给大家跳舞用。他们夫妻不用担心费用；如果他们能给他这个荣幸让他负责操办整个婚礼，购买必需的物品，他保证婚礼的费用不会超过两三百克朗。他知道过去的几年里，斯基博卢卜村的人们不太光顾他的店了；但是他希望借这个机会向他们表明，他们误解了他，他和他妻子是这儿村民忠实无私的朋友。威灵夫人也很赞同这些话，她握着埃尔莎的胳膊，满腔热情地看着她。

店老板的一番劝告最终打消了安德斯·约尔根的顾虑，稍后，埃尔莎和汉茜娜说起这个提议，汉茜娜也完全赞同母亲的计划。

威灵说得一点儿没错。这整个地区的人们都越来越尊敬伊曼纽尔，他温和的态度，他的坦率，以及他始终热心地试图满足他们的种种愿望，渐渐地甚至赢得了韦尔比村人们的心，这样一来，每个礼拜日他们也拥到教堂去了。即使像教区委员会主席简森这样的人也和他越走越近；兽医阿格博耶早就宣称他是一个"棒得要命的讲道者"，是一个杰出的年轻人。

只有一家农户很冷漠，那就是玛伦·斯梅兹，那个伊曼纽尔第一次在会议厅演讲时引得大家注目的小个子丑女人。她的历史是这样：

年轻的时候她曾经在一位绅士的家里做过厨娘，很长一段时间里，这个地区的重大宴会都会选她掌厨，这不仅让她很有面子，也让她轻松地挣了不少钱。一次盛大的庆祝洗礼的宴会上（当时有超过一百名客人在场），她不幸把米粥煮糊了。虽然她的丈夫（那时候还在世，而且是仪式的司仪）立即在所有人面前把她狠狠地打了一顿，但是人们再也不请她做饭了，甚至从那以后都从镇上聘请厨师。

这就是她心怀仇恨的原因，这不仅使她成为了这个地区唯一的社会党人，而且从会议厅那件事以后她所有的不满都针对着伊曼纽尔。

汉茜娜在这个时候非常愿意向每一个人示好，怀着羞怯的爱，她希望驱散每一片威胁她未来的乌云。一个下午，她去了玛伦住的那间摇摇欲坠的小屋，它离村子很远，请玛伦做她婚礼的厨娘。这个可怜的女人被情感的大逆转给弄懵了。经过了自尊心的小小挣扎，她无法控制地大哭起来，而且——令汉茜娜大为困惑——跪下来，亲了她的手。

第四章

婚礼的那一天，天空晴朗无风，几乎和夏天一样热。到昨天晚上的一个礼拜里，安德斯的农庄一直在烤着、煮着食物。地窖里的东西都快满得溢出来了：大块的烤肉、大块的火腿、腌的和熏的羊腿。一桶一桶的香肠，一篮一篮子堆得高高的煮鸡蛋、糖块、牛舌头和干鲱鱼，土丘一样高的黄油，像车轮子那么大的西梅干果馅饼，最后的这些食物是这家人的老朋友们依照习俗送的结婚贺礼。

木匠尼尔森和几位助手正在房子后面的小草坪上为大帐篷完成最后的工序；女孩子们忙着用冷杉花环和涂了漆的盾牌装饰会议厅的墙面。村子里到处飘着旗子，新娘子家的门前立了两根缠成绿色的桅杆，拉着一面横幅，上面写着"欢迎"。

婚礼将在十二点钟举行，但是十点钟客人们已经开始出现了。伊曼纽尔到得早。经过一番仔细考虑，他决定穿着他的法衣举行婚礼。

蓝色的"最好的房间"里摆开了午餐的餐桌，威灵将担任这场仪式的司仪。作为司仪，他要接待所有的男人，并给他们倒"斯纳普斯"酒 ① 和浓啤酒。伊曼纽尔特别希望婚礼能完全按照本地的习俗举行。他拒绝喝"斯纳普斯",但是喝了一杯浓啤酒来助兴。一个小时后,房子里挤满了穿得喜气洋洋的人们,他们最大的疑问就是:"谁将主持这个婚礼?"伊曼纽尔曾经为了这个去见过主教大人,后者暗示了可能会来。他说,作为伊曼纽尔母亲的老朋友,在某种意义上来讲,他是最合适的人选。现在,大家都很兴奋,想知道主教大人会不会给教区会众这个荣耀。

十一点半,农民的"荷尔斯泰因马车队" ② 出现了,有三十多辆,客人们开始各就各位。供新郎新娘和他们最亲近的朋友乘坐的马车停在了院子里;别的马车停在外面,从新娘子家一直延伸到了村子边。

这时候,汉茜娜坐在自己的房间里,因为在客人们上车落座之前他们按习俗不能见新娘。接着,她和伊曼纽尔并排出现在了石台阶上。她穿着一件黑色的羊毛长裙,颈部和手腕处镶着窄窄的蕾丝花边。头上披着新娘面纱,戴着一圈桃金娘花环,花环底下是一顶绣着金线和珠子的紧紧贴合头型的帽子,这曾

---

① 一种烈性酒,丹麦人和瑞典人经常在节日时饮用,比如仲夏日、圣诞节、复活节等,婚礼上也会饮用。

② 丹麦南部的一个地区名。

经是她的曾祖母结婚时戴的。为了满足伊曼纽尔的心愿，她今天特意戴着它。午餐过后，很多人不那么拘谨了，去教堂的路上大家说说笑笑。听到教堂的钟声，大家欢快的谈话声才安静下来，埃尔莎开始哭起来。与她相反，汉茜娜一脸镇定，内心激动的时刻，她总是这副样子。教堂、薄雾、峡湾蓝色的浅滩以及对面的海岸——一切都笼罩在金色的阳光下。成群的八哥飞速地掠过，白色的海鸥在水面上尖声叫着。

车队快到教堂墓地的墙边时，主教大人的轻便马车映入了眼帘，主教大人身穿胸前表明神职级别图案的丝质法衣站在教堂的门口迎接着他们。这是一个让大家难忘的庄严时刻：主教大人摘掉白色的法帽，走上前和新郎新娘见面，然后走在队伍的前面领着大家步入教堂。

演说简短而轻松。主教大人属于现代布道者中的一员，他说话时的嗓音听起来像是在轻松地聊着天，说到"基督"和"圣灵"的时候像是在提一个朋友的名字。他的演讲重申了那一天在韦尔比牧师宅邸午餐时说的内容；同样的画面、同样的说法在这儿再次上演。开始，他把伊曼纽尔比作一棵植物，寻找着新的土壤；接着，把会众比喻成一棵大树，在这棵树的遮挡和荫蔽下，植物开始生长。最后，他祈求上帝保佑在这儿缔结的新的婚约。

仪式结束后，他们都在教堂的院子里集合，主教大人问候了其中几位，尤其是织工汉森。埃尔莎激动地感谢了主教大人赏光给她的女儿女婿主持婚礼，邀请他一起参加婚礼的欢庆活动，但他道歉说他必须得在天黑前赶回家。主教大人在小礼拜室换下法衣，穿上亚麻的驾车大衣，再次和新婚夫妇以及旁边的人们握手告别，然后上了他的轻便马车驾车离开了。

随后，婚礼车队"噼噼啪啪"地挥着马鞭，往新娘子家驶去。车队从村子里通过的时候，各个农庄和草地上都响起了祝贺的枪声，受惊的马匹吓得后腿直立，女人们也发出了吃惊的喊叫声。

四位拉小提琴和吹小号的乐师站在新娘家的外面，每当一辆马车停下让客人下车时，他们就吹起一支欢乐的曲子。一些客人是上了年纪的、四肢僵硬的老爷爷，还有一些是又高又壮的女人，需要三个男人同时帮忙才能把他们搀扶下车；年轻姑娘们，身上飘着红丝带，看见任何年轻小伙子走近，就笑眯眯地纵身跃下马车，跳进他们的怀里。

他们邀请了所有的"朋友"，不管是斯基博卢卜村还是附近地区的人们，但是大多数的年轻人只是来参加舞会的。老艾里克也拄着他礼拜天用的拐杖一瘸一拐地四处走动着，他笑容满面，闻着烤肉诱人的香味，房子里、院子里还有花园到处都飘着肉的香味。

桑丁基中学主任之前乘的船因为海上没有风，一直滞留在峡湾里。这会儿他和他的杰缇也一起赶到了。杰缇的脸红红的，戴着眼镜，又瘦又高。中学主任满脸和蔼的笑容，跛着脚在客人中间走动着；拍着男人们的肩，和女人们握着手，轻快地聊着天，俏皮地捏捏姑娘们的脸蛋。与他相反，织工汉森，双手背在身后，静静地四处逛着，暧昧的笑容一会儿浮现在左边脸上，一会儿又出现在右边脸上。

所有的客人都到齐后，威灵戴着白手套、鼓着掌，出现在外面的石台阶上。接着，乐师和新郎新娘领头，大家排着庄严的队伍朝彩旗飘舞的帐篷走去。长长的桌子上摆着热气腾腾的米粥、大壶的浓啤酒，到处还搁着一杯杯红葡萄酒。桌子的中央是一个形状优美的塔形水果馅饼，大约有一码高。桌子的上首，新郎新娘的前面，是整个花床包围着的一个巨大的扁扁的蛋糕，拿冰块冻着，蛋糕上面有树莓果酱写的代表新郎新娘名字的几个首字母。

威灵站在桌子的下首，欢迎他们光临，大家做了餐前祈祷后，开始举起勺子进餐。不多久，他们一致同意，玛伦的厨艺比以往更出色。即使那些曾预言新娘的米粥会弄砸的人今天也没有什么可抱怨的。十位帮工的农妇负责上菜，她们不知疲倦地跑来跑去，端着盛得满满的碗，确保任何一位客人都不会拿着勺子捣着空碗。

当大块的烤肉端上桌，致辞开始了。首先，桑丁基中学主任发表了极其富有诗意的演说，他演讲的过程中大家都虔诚地低着头。伊曼纽尔第二个发言，他这时候已经换下了法衣。他感谢了"朋友们"善意地接纳他——一个陌生人——加入他们的团体，尤其感谢他的岳父岳母，给了他一个新家。接着，安德斯·约尔根站起身，带着手足无措的表情，用几乎听不见的声音结结巴巴地说了几个词，然后坐下了。大家听出来他是提议为"祖国"干杯，于是纷纷举起了酒杯干杯。再接着，织工汉森干巴巴地聊了聊"新精神"。威灵紧随其后——他的发言打的是感情牌，他用颤抖的声音邀请大家为了"纪念离世的人"干杯，特意暗指了伊曼纽尔的母亲。每一个发言的间隙，大家在尼尔森浑厚的嗓音带领下都唱了一首歌。

这时候，天几乎黑了，年轻人们在明亮的大厅里不耐烦地等待着。他们迫切地等待着跳起舞来宣布新娘子脱离未婚时代。威灵再次起身，在大家热烈的谈话和欢呼声中提议为了"人民的事业"干一杯，并希望"人民的事业"能迅速地在全世界取得胜利。伊曼纽尔做了餐后的谢恩祷告，背诵了一段教义，然后宣布聚会解散，一起去了会议厅。

大家开心地跳着舞、唱着歌，一直持续到了天亮。

半夜的时候，伊曼纽尔和汉茜娜起身告辞，坐着装饰了鲜花的马车往新家驶去。所有的客人都围在他们身边道别，并为他们大声喝彩。

不久之前，一个送信的人去了韦尔比村，因为那儿的年轻人在最后一刻决定要给新婚夫妇一个喜庆的欢迎式。早上伊曼纽尔离开牧师宅邸后，他们在大门口搭起了一个凯旋门。新婚夫妇回家的时候，这个凯旋门上的灯会点亮。而且，他们在路两边各插了一排火把，宁静的黑夜里，它们闪耀着美丽的光芒。

伊曼纽尔在大路上看到红色的火光，他抓住了汉茜娜的手，紧紧地握住它。他觉得，牧师宅邸山上那一团黑乎乎的东西好像被架在了火柱上——看到眼前的情景，他突然想起，从前的一场梦里，他发现一个神奇的词可以让山峰在他面前开启……

而现在，他正和自己的农民新娘驾着车朝群山驶去。

诺奖童书

诺奖童书